徳間文庫

十津川警部 影を追う

西村京太郎

徳間書店

目次

第1章　神の声

最初から、捜査は難航しそうな気がした。

事件が起きたのは十月一日の夜である。この日は満月だった。

満月と新月の夜には、犯罪が多発すると聞いたことがある。

バイオタイド理論というらしい。満月の時は、月の引力が強くなり、海の干満の差が激しくなる。

逆に、新月の日は、月の引力が弱まり、その分、太陽の引力が強くなるので、同じように、干満の差が大きい。

人間の身体は、海と成分が同じだから、当然、この日は、変調をきたすというのである。

今回の事件が、それなのかどうか、十津川にはわからない。とにかく、事件が起きれば、捜査に走り廻ることになるのだ。

場所は、井《い》の頭《かしら》公園近くの道路わきで、停車中の車の中で、女が殺されているのが発見された。

パトカーで駈《か》けつけた十津川たちが、捜査にかかった。

車内の写真が撮られたあと、死体が車の外に運び出された。

年齢は、三十五、六歳。ブランドものらしい黒のスーツ姿だった。

「美人だな」

と、若い西本刑事が呟《つぶ》やく。

「もったいないみたいないい方だな」

亀井刑事が笑った。

検視官が、死体の傍《そば》に屈《かが》み込む。

「絞殺だね。死亡時刻は今から一時間から二時間前だな」と、いう。

十津川は腕時計に眼をやった。現在、十一時二十分。九時過ぎから十時半くらいの間に、殺されたのか。

日下刑事が、車内で、黒のシャネルのハンドバッグを見つけた。その中から、運転免許証を取り出した。

「女の名前は、青木美加。三十六歳ですね。住所は、千代田区麴町《こうじまち》×丁目一〇一になっています」

と、十津川に、いった。

「麴町×丁目一〇一?」

十津川が、おうむ返しにいった。

「警部は、何かご存知の場所ですか？」

「確か、そのあたりに、国土開発省の官舎があった筈《はず》なんだよ」

と、十津川がいった。

彼の大学の友人が国土開発省にいる。それほど親しくはないのだが、今年の年賀状に、麹町×丁目の官舎の住所が印刷されていた筈である。

「被害者は、われわれと同じ公務員の奥さんですか」

亀井が改めて、死体に眼をやった。

「そうだとすると、関係者の口はかたいぞ」

と、十津川が、いった。

「役人の奥さんにしては、派手な感じですね」

西本がいう。車も、クリーム色の外車だったからだった。

十津川の想像は当っていた。

被害者の住所は、国土開発省の官舎の一つだった。

麹町×丁目の一角に、新しく五階建のマンションが建ち、そこに、エリートクラスの家族が、入っている。３ＬＤＫで、月三万円という安さである。

もちろん、駐車場も完備だった。

被害者の夫、青木徹は三十六歳で、国土開発省の課長補佐で、名古屋に出張していた。事件を知って、二日の朝、捜査本部に出頭してきた。

三十六歳で、本省の課長補佐ならエリートコースそのものだろう。長身の青木はさすがに、憔悴《しょうすい》した顔色で、

「とにかく、会わせて下さい」

と、いった。

しかし、妻の死体を見ても、涙を見せず、

「何んで、こんなことに？」

と、呟やいた。

「われわれも、それを知りたいので、いくつか質問に答えて頂けませんか」

と、十津川はいった。

「しかし、ボクは九月二十九日から東海地区に出張していたので、事件については、何も知りませんが」

早くも、青木は、警戒するような眼になっていた。

「クリーム色のビートルに乗っておられたんですが、あの車は奥さんのものですか？」

「そうです。家内の車です」

「十月一日、昨夜、奥さんが、車で何処《どこ》へ出かけられたのか、わかりませんか？　発見さ

れたのは、井の頭公園の近くなんですが」

「わかりません。全く、わかりません」

「あの辺りに、お知り合いはいませんか？　あなたのでも、奥さんのでも」

「それも知りません。少くとも、ボクの知り合いは、井の頭周辺にはいませんよ」

「お子さんは、おられないんですね？」

「いません。家内が、あまり子供を欲しがらないので」

と、青木はいう。

ふと、本音が出たのは、そのことを、ずっと気にしていたのか。

十津川は、司法解剖の承諾を貰ってから、青木を帰した。

それを見送ってから、亀井が、

「あの男、空手をやっていますね。手を見てわかりました」

と、いう。

「最近のエリートは勉強もするが、運動で、身体を鍛えてもいるのか」

「奥さんの首ぐらい簡単に絞められそうですよ」

「決めつけるのは危険だよ」

と、十津川は、いった。

青木美加の死体は、司法解剖に廻された。

翌三日は、その結果が、報告されてきたが、その中に「妊娠三ケ月」の言葉を見つけて、十津川は、首をかしげてしまった。

「仏さんは夫に、子供は欲しくないといってた。それなのに、これはどうなってるんだ？」

その他は、十津川の予想どおりだった。

死因は、首を絞められたことによる窒息。死亡推定時刻は、十月一日の午後九時から十時の間である。

ハンドバッグの中から見つかった財布には、十三万五千円の現金と、キャッシュカードなどが、盗まれずに入っていた。

当然、物盗り犯行説が消えて、怨恨による犯罪となって、容疑者の範囲が限定されて、ありがたいのだが、十津川はむしろ、不安を感じた。

被害者の住んでいた官舎に聞き込みに行って、すぐ、その不安が適中した。

何しろ、全員の口がかたいのだ。

問題のマンションには現在、十六人の国土開発省の職員と、その家族が住んでいる。十津川たちは、その家族に当ったのだが、なぜか、青木美加のことを、よく知らないというのである。

そのくせ、噂話だけは聞こえてきた。

美加の実家は、世田谷の資産家で、その金で、彼女はブランド物を買いあさっていた。

いわゆるシャネラーで、スーツも、ハンドバッグも、身につけるアクセサリーも全てシャネル。

「私たちとは、違っていましたわ」

と、他の奥さん連中はいうが、それは明らかに役人の妻として、ふさわしくないといっているのだ。

確かに、ぜいたくな暮しはしていたらしい。

官舎では、捜査の参考になることが聞けないので、刑事たちは、彼女の実家や、彼女の行きつけの美容院や、エステに当ってみることにした。

彼女の父親の井上は、世田谷区世田谷で、大きな家具店を経営していて、その他に、いくつものマンションを持っているといわれていた。

妻の美佐子との間には、美加の他に、三十九歳の長男がいて、彼は父親の会社の副社長をしている。

母親の美佐子は、涙ぐんで、

「将来娘が大臣夫人になると思っていたのに」

と、妙なことをいう。

本省のエリートでも、役人としての最高位の事務次官になれるのはたった一人である。だから、大半のエリートたちは局長クラスになると、そこで、コネを作り、民間に天下るか、さもなければ、政界に打って出るという。

政界に出る場合は、何といっても、莫大な金が必要である。どうやら、青木は将来、政治家志望で、その時には援助をお願いしますと、妻の両親に、いっていたらしい。

だから、被害者の母親が「大臣夫人になる」と、口にしたのだ。

果してそんな約束を、被害者はどう考えていたのだろうか？

そのことと事件と何か関係があるのだろうか。

三田村と、北条早苗の二人の刑事が、美加の行きつけの美容院とエステに聞き込みに廻った。そこで、二人はこんな話を聞いた。

「あそこのご主人は、よく出張なさるんですけど、その時、なぜか、亡くなった奥さんはニコニコしてうちに見えるんですよ」

と、美容院の女主人もいい、エステのオーナーもいうのだ。これは青木美加が、浮気をしていたということなのだろうか。

捜査会議では、さまざまな可能性が議論された。

その一つが、青木美加の浮気説だった。

「彼女に夫以外の男がいたことははっきりしています」

と、十津川は、捜査本部長の三上にいった。

「彼女は、何者かに絞殺され、三ケ月の胎児も死亡しました。胎児の血液型から考えて、この子は夫の子ではあり得ないからです。とすると、今回の事件は、このスキャンダルが原因という考えも出来ます」

「夫の青木が、犯人の可能性もあるのか？」

と、三上がきいた。

「彼女が殺されたのは、十月一日の午後九時から十時の間です。夫の青木はこの夜、名古屋市内のKホテルに泊っています。午後九時に、ルームサービスで夜食にお茶漬セットを運ばせていますから、彼にはアリバイがあります」

「と、すると浮気相手が、容疑者ということか？」

「それで、現在全力をあげて、亡くなった胎児の本当の父親を探しています」

「見つかりそうなのか？」

「必ず見つけます」

「ところで、青木徹は国土開発省のエリートだ」

「その通りですが」

「エリート役人の妻が、浮気の果てに殺されたというのは、恰好の週刊誌ネタだ。私としてはそれは避けたい。特に、胎児の血液型は秘密にしておきたいんだ」

と、三上はいう。

「それは大丈夫です。司法解剖は警察病院で行われましたし、解剖に当った入江医師は、口のかたい人物で知られています」

と、十津川はいった。

「それなら安心だ」

三上は、ほっとした表情になった。どうやら三上は、上からか、国土開発省側から「配慮のある捜査」を、要望されたらしい。

その翌日だった。

十津川は突然、三上本部長に呼ばれた。部屋に行くと、三上はこれ以上ないほどの渋面を作っていた。

「何のご用でしょうか?」

と、十津川がきくと、三上は黙って、一冊の週刊誌を放ってよこした。

「これが、何か?」

「今日発売の週刊誌だ。四十八ページを見てみろ」

と、三上はいう。

十津川は、嫌な予感を感じながら、四十八ページを開けた。

予感は適中した。

〈ここまで乱れているエリート官僚の家庭〉

それが見出しで、仮名だが、青木美加の事件のことが書かれていた。しかも胎児が、夫の子でないこともである。

「どうなってるんだ？」

三上本部長が、声を張りあげた。

「亡くなった胎児の血液型がＡＢだということも、はっきりと書いてある。夫の血液型からみて、この子の父親が別にいることは明らかだ。殺された妻の明子（仮名）三十六歳が、浮気をしていた。そのために殺されたことは、大いにあり得る。近頃、エリート官僚の不始末が、頻発しているが、その家庭も崩壊してしまっているのかも知れないと、書いてある」

「読みました」

「週刊誌の連中が、彼女の行きつけの美容院なんかに聞き込みに行って、浮気しているらしいと聞き、想像の記事を書くのは仕方がない。だが、この記事には胎児の血液型がＡＢだとも書いてある。スキャンダルに確証を与えてしまっているんだ。何処《どこ》から洩《も》れたんだ？　警察病院の入江医師は、口のかたいので有名じゃなかったのかね？」

「その筈なんですが――」

「国土開発省では、この記事の出所が、われわれ警察じゃないかと疑っている」

「私も、そう思っているさ。だから上司にも、そう答えたが、じゃあ、この週刊誌が、何処から情報を得たのかと聞かれた。今のところ、胎児の血液型を知っているのは、入江医師と本件の捜査に当っているわれわれだけだ。そうだろう?」

「その通りです」

「私は、怒ってるんだ」

「私も、腹が立っています」

「じゃあ、何とかしろ。このニュースの出所を見つけ出し、それから、事件を一刻も早く、解決するんだ」

と三上はまた声を張りあげた。

週刊誌の件は、捜査に当る刑事たちにとってもショックだった。

「われわれが疑われているのは我慢ができません」

若い西本が、顔を赤くして叫んだ。

「この週刊誌の編集長を取っちめて、誰から聞いたのか吐かせましょう」

と、これも若い日下がいう。

十津川は苦笑して、

「喋《しゃべ》ると思うか。ニュースソースは明かせないといわれて、それで終りだ。それに一刻も
「それは誤解です」

早く、事件そのものを解決しなければいかん。事件が解決すれば、自然に、こうしたスキャンダルも、沈静化するものだ。被害者の浮気相手の捜査は、何処まで進んでいる」

と、刑事たちを見廻した。

「彼女の友人、知人に片っ端から当っていますが、特定の人物が、浮びあがってくるまでには、至っていません」

と、亀井がいった。

「彼女が五十代の男と一緒に歩いていたという話もありましたが、突っ込んで聞いてみると、彼女かどうか、後姿なので自信がないといわれました」

と、三田村がいった。

「夫が出張中、嬉《うれ》しそうだったという美容院からは、何か聞けなかったのか？」

と、十津川はきいた。

北条早苗が答える。

「美容院の女主人というのが、やたらに口の軽い女性で、べらべらよく喋ってくれましたが、信用がおけません。若い証券マンと株の売買を通じて、いい仲になったらしいといいましたが、調べたところ、被害者が、株をやっていたことはありません。他に大学生との関係もまことしやかにいっていますが、これも証拠なしです」

「都内のホテルや、モーテルも、当ってみたか？」

と、十津川がきいた。

田中と片山の二人が、手帳を見ながら報告した。

「主なホテルには、被害者の写真を見せて廻りました。また、モーテルについては、都内だけでなく、近県の県警にも協力して貰って調べましたが、今のところ、被害者を見たという話は聞けません」

「夫の青木や、青木の同僚は協力的なのか？　何か、捜査のプラスになるような話は聞けたか？」

と、十津川が、きくと、亀井が眉をひそめて、

「相変らず、非協力的です。青木は自分たち夫婦はお互いの生活を尊重し合っていたので、妻が、何をしていたのか調べたことはないといっています。青木の同僚たちは、われ関せずで、青木夫婦のことは何も知らないの一点張りです」

「夫婦の間に、愛情はあったのかね？」

「それなりの愛情はあったと思います。妻の美加の方は、エリート官僚の妻の座を楽しんでいたようですし、夫の方は将来の政界進出に、妻は無くてはならない人間だと思っていたようですから」

と亀井はいう。

「それなりの愛情か」

「例の週刊誌が出たことで、青木や青木の同僚の口はますますかたくなると思っています」

「同じマンションに住むエリート官僚の奥さんたちからは何か聞けなかったのか？」

「事件の前には、ひそひそ話や、さまざまな噂が飛びかっていたといいます。しかし、事件のあとは、ぴたっと、口が閉ざされてしまったそうで、われわれも、何も聞けずに弱っています。どうやら、国土開発省の方から、箝口令《かんこうれい》が敷かれたみたいです」

と、西本が、いった。

「これは、あのマンションに出入りしている出前の人間なんかに聞いたのですが、事件のあと、急に奥さん連中の口が重くなったそうです」

と、いったのは日下だった。

情報の不足は明らかだった。

スキャンダラスな事件の場合、プラス、マイナスの両方の情報が、どっと集ってくるものである。

警察への投書や、電話も多い。

しかし、今回の事件に限って、そうした情報提供が、極端に少いのだ。

国土開発省の力が働いていることは明らかだと、十津川は思った。

（それなのに、なぜ、あの週刊誌は、亡くなった胎児の血液型までわかったのか？）

十津川にはそれが、不思議だった。

　それを知りたくて、十津川は警察病院に行き、司法解剖した入江医師に会って、話を聞いた。

　入江医師とは古い知り合いだった。

　その入江が、戸惑いの色を見せた。

「この週刊誌の記事には私も、びっくりしているんだよ。絶対に洩れる筈がないからね」

　と、十津川にいった。

「この週刊誌の記者が、取材に来たことは？」

　十津川がきく。

「ないよ。電話取材も受けていない」

　入江は、きっぱりと、いった。

「じゃあ、他の医者から聞いたのかな。青木美加が妊娠に気付いて産婦人科に診て貰った。その医者が、この週刊誌に喋ったんじゃないのかな」

「いや、それはないよ」

「どうして？」

「よくいうじゃないか。夫の方は妻のお腹の中の子が、果して自分の子かどうか自信が持てなくて悩むが、妻の方ははっきりとわかっていると。だから、青木美加が、産婦人科に診て貰ったとしても、胎児の血液型まで調べたとは、とても、考えられないんだよ」

と、入江はいうのだ。

「ますます週刊誌のニュースソースが、わからなくなったよ」

「編集長に、聞くより仕方がないいんじゃないのか」

「それも考えたが、ニュースソースは明かせないといわれたらそれで終りだよ」

「殺人事件なんだ。捜査に協力しなければ逮捕すると、脅したらどうだ？」

入江が、物騒なことをいった。

もちろん、十津川は笑っただけだったが、捜査は難しくなるだろうという予感は強くなった。

国土開発省は相変らず、非協力的だったが、十津川は、構わずに、青木の同僚や上司を、片っ端から、調べることにした。

特に、同じ官舎に住むエリート官僚には、重点をおいて、捜査していった。

だが、容疑者は浮んで来なかった。

一ケ月が、収穫のないままに過ぎた。

捜査は壁にぶつかってしまったのだ。

例の週刊誌は「エリート官僚のスキャンダル」の第二弾を準備しているという噂だったが、その記事は、発表されなかった。

十津川が、ほっとしていると、また、三上本部長に呼ばれた。

三上は、十津川の顔を見ると、

「例の週刊誌のことだが」

と、いう。

「第二弾が出なくて、ほっとしていますが、多分、編集長も、少し書き過ぎたと思って、自重したんだと思います」

「その編集長が殺されたと、今、知らせが入った。すぐ、奥多摩《おくたま》湖へ行ってくれ」

と、三上は、いった。

「そこが、現場ですか？」

「編集長は昨日から行方不明になっていたらしい。彼の車が見つかって、その中で、殺されていたという知らせだ」

「わかりました」

十津川は、現場に急行した。

奥多摩湖は人造湖だが、周囲の景観と溶けあっていて、自然の湖に見える。

その湖岸にはすでに、青梅《おうめ》署の刑事が来ていて、十津川たちを迎えた。

そこに、一台の車がとまっていた。

白のRV車の運転席で、週刊誌の編集長相原功が、殺されていたのだ。

死体はすでに、車の外に運び出され、仰向《あおむ》けに寝かされていた。

胸と腹にナイフの突き傷があったが、血はすでにとまっていた。

「発見された時、もう死後硬直が始まっていました。あと、後頭部に殴られた痕《あと》があります」

と、青梅署の刑事が、十津川に説明した。

死後、十時間以上、経過しているのではないのか。

上衣《うわぎ》のポケットから、身分証明書、運転免許証、それに、財布が見つかっていた。

身分証明書には、間違いなく、「週刊Ｋ　編集長・相原功」とあった。

免許証によれば、年齢は四十三歳である。自宅は、三鷹市内のマンションになっていた。

財布の中身は、五万三千円。それが多いのか少いのか、十津川にはわからなかった。

凶器は見つからない。

傍に、湖という隠し場所があるのだから、犯人は、奥多摩湖に投げ捨てたのではないか。

と、亀井が、いった。

「問題は、これが、青木美加の事件と、関係があるかどうかですね」

「今のところ、あの事件のことを記事にした週刊誌の編集長だというつながりしかないな」

十津川は死体に眼をやっている。

「相原は、犯人にここに呼び出されたんでしょうね。観光で来て殺されたとはとても思えません」

「こうなると、あの記事のニュースソースを、どうしても知りたくなったな」

と、十津川は、いった。

十津川は刑事たちに三鷹の相原のマンションを調べさせ、自分は亀井と二人、四谷《よつや》の出版社を訪ねることにした。

例の週刊誌を出している出版社である。

ここで、二人は、出版部長の小林に会った。

「昨日の朝から彼が行方不明になっていたので、心配していたんです」

と、小林はいった。

「例のエリート官僚の妻のスキャンダル記事ですが、あれは、何処からの情報なんですか？　情報源を教えて下さい」

十津川が、いうと、小林は困惑した顔で、

「それが、相原君しか知らんのですよ」

と、いった。

「というと、彼が、ひとりでつかんだ情報ということですか？」

「そうです」

「彼は、あなたに何も話さなかったのですか？」

「そうなんです」

「しかし、相原さんしか知らないことを、なぜ信用して、記事にしたんですか？」

と、十津川はきいた。

「それは彼がいいかげんなことを口にする人間じゃないことと、絶対に事実だと断言したからです」

と、小林は、いった。

「彼が、ほんの少しでも、情報源を匂わせることはなかったんですか？」

「ありません。多分、情報源の人間と約束していたんだと思いますよ。絶対に情報源については喋らないとです。これからも、その情報源を利用する気だったんじゃないかと思います」

「前にも、相原さんが危険な目にあったことは、あるんですか？」

と、亀井が、きいた。

「刺されたり、射たれたりしたことはありませんが、脅迫の手紙や電話やメールなんかは、時々、貰っていたようです。激しい記事を作っていましたからね」

「今回のことで、心当りはありませんか？」

十津川が、きくと、小林は、

「今は、全くありません」

と、答えるだけだった。

た。

三鷹の相原のマンションを調べた刑事たちも、犯人の手がかりをつかめずに、帰ってきた。

「その記事の元になったものでもあったらと思ったんですが、見つかりませんでした」

と、西本たちは、十津川に、報告した。

捜査を進めても、相原が、個人的な理由で殺されたのか、それとも、例のスキャンダル記事の関係で殺されたのか、見えて来なかった。

十津川自身は、二つの事件は関連があると、考えていた。

「だから、片方の事件だけ解決するということは、考えられないんだよ」

と、十津川は、亀井にいった。

「だとすると、突然、二つの事件が、同時に解決する可能性もあるわけですね」

「そうだが、なかなか、両方の事件とも、解決しない場合もあるよ」

十津川は、わざと冗談めかして、いったのだが、その冗談が、本当になりそうな気配になってきた。

更に、半月たっても、容疑者は浮ばず、二つの壁が、出来あがってしまった気分になった。

三上本部長は、捜査本部に現われては、十津川たちを、叱咤激励《しったげきれい》していたが、捜査は、進展しなかった。

（二つの事件とも犯人は想像できないところにいるのではないか）

と、十津川は考えざるを得なかった。

そんな時、一通の手紙が、捜査本部に舞い込んだ。

〈これは神の声である。

君たちが捜査している事件の犯人は、大久保茂という男だ。疑わずに、この男を見つけ出して逮捕せよ。

直ちに、行動することをすすめる。

シャドーX〉

刑事たちの反応は二つに分れた。

大半の刑事は「こんなイタズラに、つき合っていられるか」というものだった。

時々、似たような投書があった。

一年ほど前の殺人事件の時、Aという男が犯人だという投書があった。女性からで、彼女は、執拗《しつよう》に、Aが犯人だ、すぐ逮捕しろと、何通もの手紙をよこしたのである。

彼女が、Aにふられ、それを恨んで殺人事件の犯人にして、警察に逮捕させようとしただけだったのだ。

それと同じではないかと、多くの刑事たちは、いうのである。

少数の刑事が、この投書に従って、一応、調べてみようと主張した。

と、いっても、投書の言葉を信用したわけではなかった。いや、殆《ほとん》ど信用してなかったのだが、今のところ、容疑者が、全く浮んで来ないので、取りあえず、調べてみようというだけだった。

「それにしても、シャドーXなんて、もっともらしい名前をつけたもんですね。何の影のつもりなんでしょうか」

亀井が、笑いながら、いった。

「ここに書いてある大久保茂というのは、いったい何者なんだ?」

と、十津川は、パソコンで打たれたらしい文字を、睨《にら》むように見た。

「二つの殺人事件で、われわれは、合計二百六人の人間を調べていますが、その中に、大久保茂という名前はありませんね」

亀井が、いった。

「事件の関係者は徹底的に調べて、洗い出した筈だな」

「そうです。われわれが、調べ残した人間は一人もいない筈です」

と、亀井は、きっぱりと、いった。

「じゃあ、この大久保茂は何処にいたんだ? 今、何処にいて、殺された二人とは、どんな関係なんだ？」

三上本部長は、悪質ないたずら説だった。

「きっと、警察に恨みを持つ奴が、われわれを、からかっているに決っている」

と、三上は、いった。

その言葉で、大久保茂という人物の捜査は止まってしまったが、それを予期していたように、二通目の投書が捜査本部に届けられた。

〈神の声を信じられないというのは可哀《かわい》そうだ。

大久保茂について、もう少し教えてやろう。年齢は四十五歳。都内に住む自営業者だ。

これ以上のことは、警察が調べ給え。日本の警察は、世界に誇る捜査能力を持っていると自任している筈だからね。

もたもたしていると、大久保は、海外へ逃亡してしまうぞ。

これは、脅しではない。事態を冷静に見て憂慮しているのだ。

シャドーX〉

第2章　深まる謎

シャドーXの文面は彼の手紙を信用しない警察に腹を立てているようにも見え、警察を嘲笑《ちょうしょう》しているようにも見える。

「重ね重ね、不愉快な奴だな」

と、十津川は苦笑した。

まるで、警察の上に立って、指図しているように見えるのだ。

癪《しゃく》にさわりはしたが、シャドーXの示す大久保茂という男を調べてみることには決めていた。

「自営業というだけでは、何処で何をやっている人間か、わかりませんね」

亀井が、いった。

「紳士録や長者番付を調べてみよう」

と、十津川はいった。

資料室で、その両方を借り受け二人で調べてみた。

意外にも、一発で見つかった。

十津川は喜ぶよりも、拍子抜けしてしまった。あまりにも簡単に、大久保茂の名前が見つかったからである。
○大久保茂　四十五歳。
宮城県下の高校を卒業後上京。アルバイトをしながらN大を卒業。
中央電機に入社したが、三十九歳の時、ＯＫ画像を設立、ゲームソフトの開発で成功する。
現在　年商二十億円
住所は東京都世田谷区松原×丁目×番地
妻浩美と五年前に離婚　現在独身
これが大久保茂のプロフィルだった。
十津川は西本と日下の二人に、
「この男について、調べて来てくれ」
と、いった。
二人は聞き込みに走り、大久保茂の写真も入手して帰って来た。

がっちりした身体つきで、口ひげを生やして、陽焼けした顔は、精悍《せいかん》な感じがした。

「成功者を絵に描いたような男で、現在ゲームソフトの世界も大変だといわれていますが、OK画像は成功しています」

と、西本はいい、OK画像が開発したゲームソフトを三本十津川に見せた。

「この中の一本は、日下刑事が、はまっています」

「この三本とも売れています」

と、日下がいった。

「それで、この男の評判はどうなんだ？」

と、十津川がきいた。

「悪くはありません。彼に会った人間は、その自信の強さに圧倒されると、いっています。とにかく、三十九歳で自分の会社を設立し、成功したんですから、自信満々なのも仕方がないと思いますね。ただ、女性問題を時々、起こしてきたそうで、妻の浩美との離婚の原因も、そんなところにあるみたいですね」

「女性と問題を起こすのか」

その延長線上に、殺された青木美加がいるのだろうか？

しかし、美加の男性関係をいくら調べても、大久保茂の名前は、浮んで来ていないのだ。

「一度、大久保に会ってみよう」

と、十津川は、亀井にいった。

二日置いて、日曜日に、十津川と亀井は、世田谷区松原にある大久保の家を訪れた。鉄筋三階建の豪邸である。

インターホンで、身分を告げると、中に通された。

若い女性秘書が、二人を一階のリビングに案内し、そこで、大久保に会った。

広い庭に、赤トンボが飛んでいるのが見えた。庭には池があり、小さな畑もある。

大久保は、Tシャツ姿で現われた。

「刑事さんのお客は初めてですよ」

「いい庭ですね。今、赤トンボが見えました」

十津川は本気で、そう思ったのだ。

大久保は、微笑して、

「庭の雑草も、わざと放っておいてあるんです。東京の中でも、何とか自然を保っておきたいと思いましてね。だから、あの池には蛙《かえる》もいるし、夏には蟬《せみ》の鳴き声が、やかましいんです」

「青木美加さんをご存知ですか？」

いきなり、十津川がきいた。

大久保は、びっくりした顔で、

「何ですって？」

「青木美加さんです」

と、いい、十津川は、彼女の写真を見せた。

「先日、殺されました」

「ボクは、その女性を全く知りませんが、ボクが疑われているわけですか？」

と、大久保がきく。

「彼女の身辺捜査をしていたら、あなたの名前が、出て来たんですよ」

と、十津川は嘘をついた。

一瞬、大久保は絶句したように見えたが、すぐ声を出して、笑った。

「刑事さん。嘘をついちゃ困りますね」

「どうして嘘だと？」

「ボクは、この女性を全く知らないんだ。だから、捜査のとき、ボクの名前が出てくる筈がないんです」

「相原功さんを知っていますか？」

と、十津川がきいた。

大久保は、小さく手を振って、

「どういうことなんです？　ボクの知らない名前ばかり出して、ボクをからかっているんなんですよ」

「とんでもない。今、捜査中の事件について、何とか、解決の糸口を見つけようと、必死ですか？」

「それなら、他の人に当ってみるべきですね。ボクの知らない人だから」

と、大久保はいう。

「わかりました。大久保さんの仕事のことを話して下さい。クイック・リターンというゲームソフトがありますね。うちの若い刑事の中に、あれの熱心なファンがいるんですよ」

十津川が、話題を変えると、大久保は、やっと機嫌を直して、

「クイック三部作の一つですが、おかげ様で、三本とも良く売れました」

「男性の方が、ファンが多いと思いますが、どうですか？」

「いや、最近は若い女性にもファンが増えてきています」

と、大久保は、いった。

「一日中、ゲームソフトのことを考えているんですか？」

「そんなことはありませんよ。一日中考えていたら、精神的に参ってしまいますからね」

「そんな時は、何をして、過ごすんですか？」

と、十津川がきく。

大久保は庭に眼をやって、

「一坪しかない庭の畠《はたけ》ですが、結構、野菜がなるんですよ。土の上で、栽培を楽しんだりしますよ」

「なるほど。いいですねえ。お酒はどうなんですか？」

「飲みますよ。嫌いじゃないから」

「銀座や六本木あたりでも飲まれるんじゃありませんか？　それとも、ホテルのバーで、静かに飲む方ですか？」

「どちらも好きですよ。まあ、お客を接待して飲むのは、あまり楽しくありませんがね」

「再婚はなさらないんですか？」

十津川は、また、話を変えた。

「時々、すすめられますが、ひとりの方が気楽ですからね」

「でも、事業に成功されて、ハンサムで、中年の魅力一杯なら、女性がいくらでも寄ってくるんじゃありませんか。だから、再婚の気が起きないんですかね」

と、十津川は、いった。

「刑事というのは、みんなそんな話もするんですか」

「うらやましいんですよ。さっきお会いした秘書の方も、若くて魅力的で、警察とは、大変な違いです」

「それなら、警察も、若くて美人の婦人警官を沢山採用されたらいかがですか」

と、大久保は笑った。

「これから、人事担当者に、いってみましょう」

と、十津川も笑い、腰を上げた。

帰る時も、若い美人秘書が玄関まで、送ってくれた。

「あなたの眼にも、社長は魅力的な男性に見えるんでしょうね」

と、十津川がいうと、秘書は、

「でも、社長の方は私には魅力を感じないみたいですわ」

と、いった。

十津川と、亀井は、パトカーに戻った。

亀井は、ハンドルに手を置いた。が、すぐには車をスタートさせず、バックミラーで、大久保邸に眼をやって、

「警部が、いきなり青木美加の名前をいわれたとき、一瞬、大久保の顔色が変りましたよ」

「それは、私も気がついたよ。だから、わざと、そのあと、バカ話をしたんだ。彼を警戒させたくなかったからね」

「大久保は明らかに、青木美加と関係がありますよ。しかし、青木美加を調べたとき、なぜ、大久保の名前が浮ばなかったんでしょうか？」

「それだけ、大久保が、うまく立ち廻っているということだろう。或いは、二人の出会い

が、完全な偶然だったのか」

と、十津川が、いう。

亀井は、やっと、車をスタートさせたが、

「あれは、本当なんですかね？」

「何が？」

「若い美人の秘書が、いってたじゃありませんか。社長は、自分に魅力を感じないみたいだということです」

「ああ、私は、彼女の照れでいっているんだと思ったが、大久保の眼が、事務的だったのを思い出したよ。少し、女の好みが、屈折してるんじゃないかな」

「だから、人妻の青木美加と関係したんですかね」

と、亀井が、いった。

電話が、十津川にかかった。

女性の声で、

「大久保社長を警察が調べているというのは本当ですか？」

と、きく。

「どうして、そんなことを聞かれるんですか？」

「ある人から、警察が、大久保社長を調べていると聞いたもんですから、本当かどうか、知りたくて」

「捜査の内容について、お教えすることはできないんです」

「ひょっとして、警察は、新聞に出ていた人妻が殺された事件の捜査で、大久保社長に、会いに行ったんじゃないんですか？」

と、女がきいた。

「あなたは、そのことで、何か、警察におっしゃりたいことがあるんですか？」

十津川が、きく。

「ええ」

と肯《うなず》いてから、その女は、

「ただ、私のことが、知られると困るんです」

「もちろん、名前をおっしゃらなくても構いません。何をおっしゃりたいんですか？」

「その前に、今のことが本当かどうか、教えて下さい」

「ああ、青木美加さんが殺された事件のことですか？」

「ええ」

「ここでは、あの事件の捜査に当っています。それにその事件の関係で、大久保さんに会ったのも事実です」

「やっぱり――」

「あなたは、大久保さんのことを、どう思っていらっしゃるんですか？」

「あの人は、許せません」

「何故ですか？」

「普通の女性じゃあ物足らなくて、関係を持つことができないんです」

「普通の女性というのは――」

「あの人はお金があって、ハンサムだから、普通の独身女性は簡単に物に出来て、面白くないんです。あの人は、女性との関係をゲームみたいに思っていますから」

「なるほど」

「それで、人妻ばかり狙《ねら》うんです。人妻は、抵抗があって、面白いんだといっていました。青木美加という人は、会ったことがありませんけど、きっと、あの人が、人妻と知って、手を出したんだと思います」

と、女はいうのだ。

「しかし、ゲームと割り切っているのなら、相手を、殺したりはしないんじゃありませんか？」

「普通は、あの人に捨てられても、自分は家族があるし、夫を裏切ったという後ろめたさがあるから、何も出来ません。あの人も、それを狙っているんです。ずるい人だから。でも、女の方が、本気になって、全てを捨てて、しがみついたら、あの人は、当てが外れて、困ったんじゃないんですか」

「青木美加さんが、そのケースだと思うんですか？」

「もし、あの人が殺したのなら、理由は、今いったことだと思いますわ」

と女は、いった。

「どうしても、あなたにお会いしたい」

と、十津川はいった。

口説き続け、やっと、十津川一人でならと、女は応じてくれた。

女が、指定したのは、新宿西口の超高層ビルの中のホテルだった。

そのホテルのコーヒールームだった。

十津川は一人で、約束の時刻より早く、出かけた。

十分ほど、待って、女が現われた。

三十歳前後の和服姿の女だった。

「十津川です」

と、自己紹介はしたが、彼女の名前は聞かなかった。

「これから、お聞きしたことは、絶対に、内密にしますから、安心して話して下さい」

「ええ」

「大久保さんとは、どんな関係ですか？　いや、話したくなければ、何もいわなくて結構ですよ」

と、十津川がいうと、女は肯いて、

「お話しします。想像していらっしゃると思いますけど、私も、主人がいながら、大久保さんと、関係を持ってしまったんです」

「それで、今は？」

「正直にいえば、捨てられたんです。あの人は、ゲーム感覚で、人妻が、びくびくしながら、自分の誘いに乗ってくるのを楽しんでいるんです。それから、抱かれる時も、人妻は、ためらい、抵抗しながら、落ちていく。それも、あの人は楽しむんですよ。そして、人妻が、何回か関係して、そんな恥らいや抵抗がなくなっていくと、あの人も、彼女に興味を失って、次の獲物を探すんです」

「あなたも、その一人ということですか？」

「あの人は、一人で楽しんでるけど、相手の女性の方は、時には、家庭が、崩壊してしまうんです。私も、離婚はしていませんが、主人との間は、冷え切ってしまっています」

「ひどいな」

「あの人に、いってやったことがあるんです。いつか、あなたは相手を殺すか、自分が殺されることになるわよって」

「だから、青木美加を、彼が殺したと、思うんですね？」

「ええ」

と、女は肯いてから、

「警察も、あの人が殺したと思っているんでしょう？」

「しかし、証拠がないんです。第一、二人が何処で知り合ったかも、わからないんですよ」

「あの人は、よく、このホテルのバーで、獲物を探しています。この上の階です」

と、女はいった。

（あなたも、そこで、大久保と出会ったんですか？）

と、聞こうとして、止《や》めた。

少しばかり、生々しすぎると思ったからである。

「他にも、あなたが、彼のことで、ご存知のことがありますか？」

「伊豆《いず》の伊東に、別荘があって、必ず、そこへ連れて行くんです。ホテルでは、秘密が守れないからといって。ただ、その別荘は友だちの名義になっているんです」

「なるほど。用心深いんですね」

と、十津川はいった。

女が、その別荘の場所の地図を描いてくれた。

「女性を連れて行く時は別荘に誰もいないんです。窓から海が見えるんです。純白のお伽《とぎ》話《ばなし》の中のお城みたいでした」

女は、懐しそうに、いった。


その別荘は斉藤真二という名前の所有になっていた。

女は、大久保の友人の名義といっていたが、友人ではなかった。大久保の会社で働く社員の名前だった。

多分、この社員は一度も、この別荘を使ったことがないだろう。

「人妻専門ですか」

亀井が眉をひそめる。

「彼女が、不倫の罪悪感に怯《おび》えながら、自分の腕に抱かれるのを、楽しんでいるそうだ」

「悪趣味の極みですね」

「何回か会って、人妻から罪悪感が消えると、面白くないって、捨てるんだ。青木美加もその一人だったんだと思う。彼女は、そのあと他の男と関係を持つようになったが、大久保の子供が、お腹の中にいることに気がついた」

「それで、責任をとってくれと、大久保に迫ったんでしょうね」

「大久保は、たとえ、子供が出来ても、家庭があるから、ひそかに堕《おろ》してしまうと計算していたんだろう。ところが、彼女は、堕さずに、夫と離婚し、大久保に、結婚したいといったんだろうね」

「それに困った大久保が、青木美加を殺してしまった。動機としては、十分ですよ」

と、亀井は、いった。

「明日、伊東の別荘に行ってみようじゃないか」

「大久保に断わらなくてもいいですか？」

亀井が、きくと、十津川は笑って、

「なぜ、大久保に断わらなくちゃいけないんだ？　名義は斉藤という男で、大久保じゃないんだ」

と、いった。

翌日、二人はパトカーを伊東に向って走らせていた。

昼過ぎに伊東に着き、女が描いてくれた地図で、別荘を探した。

山の中腹にある別荘で、彼女のいったように、純白の、お伽話の城めいた建物だった。

多分、この建物も、人妻を口説く手段の一つなのだろう。

別荘には、五十五、六歳のお手伝いが、いた。

十津川が、警察手帳を見せると、彼女は、一瞬、怯えた眼つきになった。

彼女は、近くの農家の奥さんで、野中一枝という名前だった。

「この別荘の主人に、会ったことがありますか？」

と、きくと、一枝は、

「たまに、会いますけどね。斉藤さんは、いつも、用事は電話でいわれるんです」

と、いった。

その斉藤の顔について聞くと、大久保とわかった。ここではあくまでも、斉藤で通しているのだろう。

「ここに、よく、女性を連れて来ていると、聞いたんですがね」

十津川がいうと、一枝は、

「そんな噂を聞いていますが、斉藤さんは、電話してきて、ちゃんと、掃除しておいてくれとか、リビングには、花を生けておけとか、必ず、ビールや、ウイスキーを、用意しておくようにとかいわれるんです。その日には、私は、行きませんから、斉藤さんが、どんな女性を連れて来ているのか知らないんですよ」

と、いった。

大久保は、用心深い男なのだ。

「部屋を見せて下さい」

十津川が、いうと、

「斉藤さんが、何をしたんですか？」

と、一枝が、きく。

「事件ということではなく、参考に、家の中を見たいんですよ」

と、十津川は、いった。

二人は、勝手に、家の中を見て廻りたいと、彼女に告げた。

まず、二階にあがった。

二階の広いベランダに出ると、あの女が、いったように、海が一望できた。

大久保は、何人もの人妻と、このベランダに立って、海を眺めたのだろう。ふるえながら、彼の腕の中に崩れてくるのを楽しみながらだ。

二階には、露天風呂もあった。温泉が引かれている。

金庫の置かれた部屋もあった。何気なく、手を伸ばすと、鍵はかかってなくて、重い扉が、開いた。

現金はなかったから、鍵がかかっていなかったのだろう。

その代りに、小さなアルバムが、入っていた。

それは、大久保の勝利のメモだった。征服した人妻の写真アルバムである。

どうやって、写したのかわからない。多分、寝室に、隠しカメラがあって、それで、写したのだろう。

女の顔は、カメラを意識しているようには見えないからだ。

大久保は、明らかに、女の同じ表情を狙っていた。

彼の好きな表情だ。人妻が、不倫に怯えながらも、彼に溺《おぼ》れていく表情だ。

何人もの女が、写っている。

その中に、殺された青木美加の顔も、十津川が会った女の顔もあった。

「これで、大久保が、青木美加と関係していることが、はっきりしましたね」

と、亀井が、いった。

「だが、彼が殺したという証拠には、ならないよ」

「大久保の血液型が、わかれば、青木美加のお腹の子の父親かどうかわかりますよ」

と、亀井が、いう。

「それから調べてみよう」

十津川も、肯いた。

アルバムから、青木美加の写真一枚だけを抜いて、二人は、金庫に戻した。

一階におりる。もう、これ以上、調べる必要がなくなって、十津川は、一枝に、

「今日、われわれが来たことは、斉藤さんには、黙っていて下さい。まずいことになりますからね」

と、いった。

パトカーで東京に戻る途中、十津川は西本刑事に電話し、大久保の血液型を、調べておくように、いった。

夕方、東京の捜査本部に戻ると、西本が、大久保の血液型を、知らせた。

十津川の予想は、当っていた。

殺された青木美加のお腹の子の実の父親は、九十パーセント、大久保だったのだ。

「これで、状況証拠は、完璧です」

と、十津川は、捜査本部長の三上に、報告することになった。

三上は、いつもは、慎重派なのだが、この時は、性急に、

「これで、逮捕令状をとろう」

と、いった。

エリート官僚の妻の不倫と、殺人事件ということで、三上は、上から、早い解決を求められていたからに違いなかった。

それに、犯人が、同じ官僚ではなかったことで、三上は、ほっとしていた。

翌日には、大久保茂に対する逮捕令状が下りた。これも早かった。裁判官までが、このいまわしい事件を、一刻も早く、片付けようとしているように、見えた。

逮捕され、捜査本部に連行された大久保は、最初、

「あとで、誤認逮捕とわかって、後悔しますよ」

と、いい、意気軒昂《けんこう》としていた。

だが、十津川が、別荘で見つけた青木美加の写真を突きつけると、とたんに、青い顔に

なった。

「君は、青木美加なんて女は、知らないといったが、ちゃんと、彼女の写真を撮ってるんだ。しかも、あの瞬間の写真をね」

「――――」

「動機も、はっきりしている。君は、何人もの人妻と関係し、うまく捨ててきた。ところが、彼女は、君の子供を宿していることを告げて、君を責めたんだ。夫と離婚するから、結婚してくれといったのかも知れない。とにかく、君は、引くに引けなくなって、彼女を、殺したんだ」

「証拠はあるのか？」

「君は、何人もの人妻を泣かせているね。君は、適当に楽しんだだけだろうが、彼女たちの多くが、家庭を崩壊させている。それだけ、君が魅力的だということだろうが、それだけ、彼女たちの君に対する恨みも深い。つまり、君に不利な証言をする女は、何人もいるということだよ。裁判になったら、その彼女たちが、証言する。君は、助からないな」

と、十津川は、いった。

「脅しだ」

「いや、事実だ」

十津川は、あの別荘から、写真アルバムを持って来て、そこに張られた人妻の写真を、一枚ずつ、大久保の前に並べていった。

「よく見るんだ。君は、このアルバムを見て、ニヤッとしていたんだろう。仕留めた獲物の写真集だからな。しかし、ここに写っている女性たちにとっては、屈辱のアルバムだよ。これを見れば、彼女たちは、みんな検事の証人として出廷し、君がいかに冷酷で、いざとなれば、殺人もやる人間だと、証言する」

「――」

「裁判官だって、このアルバムを見たら、間違いなく、君に対する心証を悪くする」

「――」

「どうするね。正直に、全てを話して、楽になった方がいいと思うがね」

「弁護士を呼んでくれ！」

と、大久保は、叫んだ。

「その前に、われわれの質問に答えるんだ」

と、十津川は、いった。

十津川は、並べた写真の最初の一枚を取りあげた。

「裏に、丹羽京子。二十九歳と、書いてある。まず、この女性について、話して貰おうか」

と、十津川は、いった。

一人ずつ、写真を突きつけて、十津川は訊問していった。

少しずつ、大久保の顔がゆがんできて、青木美加の写真になったとき、ついに、

「もう、止《や》めてくれ！」

と、悲鳴をあげた。

「駄目だ」

「疲れたんだ。今日は、もう止めてくれ！」

「いいだろう。だが、明日も同じことを続けるぞ」

と、十津川はいった。

その言葉通り、翌日も、朝早く、大久保を取調室に連れ出し、彼の前にずらりと、女の写真を並べた。

「さあ、昨日の続きを始めよう」

三日目に、大久保は真っ青な顔で、自白を始めた。

「あの女は、異常だ」

と、大久保はいった。

「最初は、他の女と同じように、上手く別れたんだ。ところが、突然、電話してきて、ボクの子供が出来たといったんだ」

「それで、あわてて しまったのか？」

「いや。ボクは注意を払っていたが、たまに、女が、妊娠してしまうことがあった。しか

し、そんな時でも、女は、家庭がこわれるのが心配でね。ボクが、金を渡して、ご主人にわからないように始末しろというと、その通りにしたんだ」

「ところが、彼女は、そうしなかった」

「ああ。子供を産む。夫とは、別れるから、結婚してくれというんだ。ノーといったら、ボクのことを週刊誌に話すというのさ。ボクが、いかに悪い男かをね」

「それで、殺したのか？」

「殺すより仕方がないじゃないか。あんな女と結婚したらどうなるんだ？　毎日、監視されて、楽しいことなんて、全くなくなってしまうんだ。殺すより仕方がないだろうが。他に方法はあるか！」

大久保が、叫んだ。

「どうかな」

と、十津川は、いった。

十津川は、次に、週刊誌編集長の相原功の事件について、大久保を問い詰めた。青木美加殺しについて自供したので、こちらは、あっさりいくと思ったのだが、

「相原功なんて男は、知らん。嘘じゃない！」

と、大久保は主張した。

頑として、相原殺しを、否定するのだ。

　仕方なく、青木美加殺しについてだけ、大久保を、起訴することにした。

「相原殺しの方は、ひょっとすると、大久保は関係ないのかも知れません」

　と、十津川は、三上本部長に、いった。

「じゃあ、相原を殺したのは、誰なのかね？」

　三上が、眉をひそめて、きく。

「わかりませんが、考えてみると、週刊誌に書かれたくらいで、編集長の相原は、殺さないでしょう。あの記事に、大久保の名前は、仮名でも、出ていないんですから」

「それは、そうだが――」

「大久保は、自分勝手な男です。自分のことは、出ていないんですから、殺した女のことで、マスコミを敵に廻すような損なことはしないと思いますね」

　と、十津川は、いった。

　相原殺しについては、改めて、捜査することを決めた日に、同僚の加倉井警部が、会いに来た。

　折り入って、話したいことがあるというので、捜査本部近くの喫茶店に案内した。

「難しい顔をして、何んなんだ？」

　コーヒーを注文して、十津川がきくと、加倉井は、なぜか、声をひそめて、

「大久保という犯人の逮捕だが、シャドーXと名乗る人間の話を参考にしたという噂は、

本当なのか？」

と、きいた。

コーヒーが運ばれて来たので、ウエイトレスが、消えてから、

「どうして、そんなことを聞くんだ？」

と、十津川は、きき返した。

「本当なのか？」

「ああ、参考にした」

十津川が、いうと、加倉井は、なぜか、ほっとした表情になった。

「実は、おれが、杉並の住宅地で起きた一家皆殺しの事件を、捜査しているときも、同じことがあったんだ」

「あれは、確か迷宮入り寸前で、犯人を挙げたんだろう」

「壁にぶつかっていたんだ。容疑者は沢山いるのに、いずれも、決め手がなくてね。そんな時、警察のホームページに、メールが届いたんだ。犯人は、原田伸之だというメールだよ。それには、シャドーXとサインがあったんだよ」

「それで、原田伸之を、逮捕したのか？」

「捜査線上に上がっていない男だったんだが、ワラにもすがる思いで、原田伸之という男を探した」

「シャドーXのサジェスションに従ってか？」

「ああ、おれたちが、もたついていると、今度は、原田伸之の経歴を送ってきたんだ。それでも、おれは、半信半疑だったよ。ところが、任意同行を求めて、事情聴取を始めると、突然、自分がやりました、申しわけありませんといって、泣き出したんだよ。こっちが驚いてしまった」

「しかし、シャドーXのことは、聞いてなかったぞ」

「みっともないから、内緒にしておいたんだ。そうだろう？　おれたちは、捜査のプロだ。そのプロが、壁にぶつかって、ニッチもサッチもいかなくて、お手あげになっているのに、何処の誰ともわからない奴に、犯人を教えられたんだよ。恥ずかしくて、誰にも話せないじゃないか」

と、加倉井は、いった。

「確かに、そうだ。私だって、シャドーXのことは、誰にも話すまいと思っていた。君と同じで、みっともないからな」

と十津川も、いった。

「おれは、シャドーXというのは、原田伸之のことを恨んでいる人間で、原田のことを、おれたち警察に逮捕させようとしたんじゃないか、それが、たまたま、当ったんだろうと、考えていた。しかし、君の方の事件にも、介入してきて、それが適中したとなると、おれの推理は、間違っていたことになるんだ」

と、加倉井は、いった。

十津川の表情が、加倉井の言葉で険しくなっていった。

（シャドーXは、何者なんだ？）

第3章　プランS

平山千秋は、奥多摩湖の岸に立って、湖面を見つめた。ジーンズにブルゾン、白のスニーカーというラフな恰好で、愛用のライカM6を肩から下げている。

だが、奥多摩湖を撮りに来たわけではなかった。

彼女は、この湖岸で殺された相原の死を悼むためにやって来たのだ。彼が、RV車の中で死んでいたあたりに、用意してきた花束を置いた。そのあと、湖面に眼をやった。

別に、湖面を眺めているわけではない。その向うに、相原との三年間を思い出していた。

それは、仕事の三年間でもあり、愛情の三年間でもあった。

週刊誌編集長の相原と、初めて知り合ったのは、大学の先輩の紹介だった。大学を卒業して、就職よりも、漠然と、フリーのライターになりたいと思っていた頃で、週刊誌とコネを持ちたかったのだ。

相原と親しくなるにつれて、少しずつ、千秋の書いた原稿が、載るようになっていった。

その相原と関係が出来たのは、彼と知り合って、一年半ぐらいしてである。仕事が欲しくて、編集長の相原と関係したという陰口があったのを、千秋も知っている。

その気持が全く無かったとはいわない。千秋にもあったし、相原だって、多分に、それをエサにして、ひと廻り以上違う千秋を誘ったに違いないのだ。

しかし、関係が出来てから、千秋は、本気で相原を愛するようになった。知り合った時、すでに、相原には妻がいたから不倫である。そのせいで、二人は、よく喧嘩《けんか》もした。ある時は、相原を刺し殺して、自分も死のうと思い、包丁を買って、彼を自分のマンションに誘ったこともあった。

それが、三年も続いて、いきなり、断ち切られた。

相原との関係が、こんなことで、突然、消えるなどと、千秋は考えたことはなかった。もちろん、相原との不倫関係が永久に続くとも思ってはいなかったが、それが断たれる時は、多分、何かで自分が死ぬ時だろうと、思っていたのである。

相原が、誰に、何のために殺されたのかわからない。警察も、犯人の動機をつかみかねているらしい。

彼があの殺人事件を、高級官僚の妻のスキャンダルとして、大々的に週刊誌で取り上げたせいだという人もいる。しかし、青木美加殺しの犯人は、捕まっても、相原殺しの方は、まだ解決していないから、あの記事のせいかどうか不明なのだ。

千秋には、一つだけ思い当るというか、引っかかっていることがある。

相原が死ぬ一ケ月ほど前、千秋が、二人で夕食をとったとき、彼にいわれたことがあった。

「君に、ぜひ、調べて貰いたいことがあるんだ。難しいことだが、君なら出来ると思っている」

相原は怖い顔で、いったのである。

「どんなこと？」

「プランSのことだ」

「何なの？　それ」

「おれにも、よくわからない」

「そんなの私に調べられるわけがないじゃないの」

千秋は、思わず、笑ってしまったが、相原の険しい眼にぶつかって、あわてて、笑いを引っ込めた。

「安岡一行という代議士を知っているか？」

と、相原が、きく。

「どこかで聞いた名前だわ。確か、自殺した代議士さんじゃなかった？」

「そうだ」

「業者から、一千万だか二千万だかの賄賂《わいろ》を受け取った容疑で逮捕されて、いったん釈放されたあと、首を吊って、自殺したんでしょう？　違った？」

「ああ。安岡は、有力な族議員でね。誰もが、彼が、業者から賄賂を受け取ったと信じたし、今でも信じている」

「相原さんは、信じなかったの？」

「信じなかった」

「どうして？」

「安岡代議士を、別に、清廉《せいれん》潔白な男だとは思ってるわけじゃない。清濁あわせ呑む、典型的な日本的な政治家だよ。だがな。安岡は、小さいながら、一つの派閥のリーダーだ。そんな男が、簡単に捕まるようなヘマをするのは、おかしいと思ったんだよ。だから誰かに、はめられたと、思った。そのことを確かめたくて、釈放されてすぐ、安岡代議士に会ったんだ。彼は怯《おび》えていた」

「それは、賄賂がバレて、逮捕されたからじゃないの？　一時釈放されても、また捕まると思って」

「おれも、そう思った。だが、安岡代議士は、おれにこういったんだよ。プランSのことを調べてくれれば、私の真実が、わかるとね」

「それで、プランSのことを、安岡代議士は、どう説明したの？」

「何も。おれに、喋《しゃべ》ったことを後悔したみたいで、このことは忘れてくれ。詰らない冗談だといった。そのあと、すぐ、首を吊って死んでしまったんだよ。だから、プランSについては、何の説明も受けていないんだ」

と、相原はいった。

「じゃあ、プランS自体が、実体のないものかも知れないわ」

「かも知れないが、おれは、安岡代議士が、自殺した理由は、このプランSのせいじゃないかと、疑っているんだ。或いは、自殺に見せかけた殺しじゃないかともね」

「それで、私に、そのよくわからないプランSについて、調べろというのね」

「おれは、雑誌の仕事があって、自由に動けないから、君に頼むんだ」

と、相原はいい、翌日、千秋に百万円の入った封筒を渡し、

「これは、調査費だ」

と、いったのである。

その相原が、突然、死んでしまった。いや、殺されてしまった。

千秋のポケットには百万円と、あの時の相原の真剣な眼が記憶となって、残っている。

今となると、プランSのことを調べてくれという言葉が、相原の遺言のように、思えるのだ。

車で、自宅マンションに戻ると、管理人が、

「お客さんが、さっきから、お待ちになっていますよ」

と、千秋に告げた。

「雑誌社の人？」

「いえ。警察の人です」

と、管理人は、いう。

五階にあがると、彼女の部屋の前に、中年の男が二人、立っていた。

二人は、警察手帳を見せた。一人は、十津川といい、もう一人は亀井と、名乗った。

千秋が、二人を部屋に招じ入れると、十津川が、

「さっそくですが、相原さんのことで、お聞きしたいのですがね」

と、切り出した。

千秋は、黙って、コーヒーをいれて、二人にすすめ、自分も飲むことにした。

「あなたと相原さんとは、週刊誌の編集長と、ライターという以上の関係だったと聞いたんですよ」

と、十津川が、続ける。

「ええ。別に否定はしませんわ」

千秋は、微笑して見せた。

「そんな平山さんなら、事件について、何か心当りがあるかと思って、伺ったんですよ」

「私も、突然のことで、びっくりしているだけなんです」

「本当に？」

「ええ。警察も、まだ犯人の見当がつかないんですか？」

「青木美加さんを殺した犯人は、何とか逮捕したんですがね」

「ニュースで見ました。大久保という名前の独身の男だと」

「そうなんです。われわれは、相原さんを殺したのも、同一犯だと思っていたんですが、大久保には、相原さん殺しについては、完全なアリバイがあることが、わかったんです」

十津川は、残念そうに、いう。

「彼の上司の出版部長さんなら、何か知っているんじゃないかしら」

「小林さんには、もう会って来ました。思い当ることは何もないという返事でした」

と、十津川は、いった。

それなら、「プランS」について、相原は、上司の出版部長にも、話していなかったらしい。

「われわれは、相原さんが、犯人に奥多摩湖に誘い出されたと考えています」

と、亀井という刑事が、いった。

「何か奥多摩湖に、相原さんは思い出みたいなものがあったんですかね？」

十津川が、続けて、きく。

「私には、わかりませんけど」

「あなたと奥多摩湖に一緒に行ったことは？」

「ありません。ただ、今日は、彼の亡くなった場所を見に行って来ました」

「知っています」

「え？」

「犯人は、現場に戻ってくるといわれているので、一応、見張りをつけておいたのです。その刑事から、電話が入ったのですよ。あなたが、花束を捧げにやって来たと」

「でも、私は、犯人なんかじゃありませんわ」

千秋がいうと、十津川は、微笑して、

「あなたは、相原さんを殺す動機が無い。相原さんは、あなたにとって必要な人のようですからね」

「でも、人間だから、かっとして、彼を殺したかも知れないわ」

千秋は、わざと、いった。

「いや、話していて、あなたが冷静な人だとわかりましたよ。かっとして、恋人を殺すタイプじゃない」

と、十津川はいってから、

「相原さんはシャドーXという名の人間について、何かいっていませんでしたか？」

と、きいた。

「シャドーXですか？」

「そうです。影です。個人かグループか不明ですが、シャドーXと名乗っている。そんな話を、相原さんは、していませんでしたか？」

「シャドーですか」

「何か、思い当ることでも？」

「いえ、ぜんぜん。でも、どうして、そんなことを聞くんですか？　相原さんを殺したのが、そのシャドーXなんですか？」

千秋がきくと、十津川は急に引いた表情になって、

「いや。心当りがなければ、それでいいんです」

「もし、何か思い出したら、十津川さんに連絡したらいいんですか？」

「そうです。私に連絡して下さい」

十津川は、自分の携帯電話の番号を千秋に教えて、亀井と帰って行った。

千秋は一人になると、ほっとすると同時に、考え込んでしまった。

飲み残したコーヒーを前に置いて、千秋は考える。相原がいい残した「プランS」のことだった。

プランSのSは、シークレットではないかと、漠然と考えていたのである。相原の秘密

めかしたいい方からの連想だったが、十津川は、シャドーと、いった。

もしかすると、プランSのSは、シャドーなのかも知れないと、千秋は思った。

しかし、シークレットでも、シャドーでも、何のことか、わからないことは同じだった。

警察は、何か知っているらしいが、千秋にわざわざ聞いたところを見ると、彼等も、実体をつかめていないのだろう。

十津川警部は、個人かグループかわからないと、いった。その人間が、相原を殺したのだろうか？

千秋は、冷えたコーヒーを捨て、新しいコーヒーをいれた。それを、少しずつ飲みながら、また、考えに沈んでいった。

もし、相原が、シャドーXという人間に殺されたとすると、なぜなのだろうか？

相原がシャドーXの正体に気付いたか、プランSが何なのか、気付いていたとは思えない。それなら、千秋に、プランSについて調べてみてくれなどとは頼まないだろう。

しかし、相原が、プランSについて、何も知らなかったのなら殺されるのもおかしいのだ。ということは、何かに気付いていたことになる。

（あのことだ！）

自殺した安岡代議士のことである。

収賄容疑で逮捕され、一時自宅に帰されたが、その直後に自殺している。

相原は、その自殺がおかしいといっていた。殊更に、そのことを、千秋にいったのは、安岡代議士の死が、プランSと関係があると、相原が思っていたということではないのだろうか。

千秋は、正直にいって、政治には、あまり詳しくはない。フリーのライターとして、政治関係のリポートも頼まれたことがあるから、普通の市民より多少は詳しいというだけのことである。

その乏しい知識を増やそうと、千秋は、国立国会図書館に行って勉強した。

安岡代議士は、亡くなった時、六十五歳だった。父親が同じ政党の政治家で、国務大臣にもなっているから、親子二代の政治家ということになる。

父親も、典型的な族議員だったが、安岡も、郵政・通信の族議員で、力があった。

その安岡が、HBBという、地方テレビの開局に力添えして、その見返りに、一千万円の賄賂を受け取った容疑で、逮捕されたのである。

HBBは、安岡の生れた浜松で生れた地方局だった。

浜松の資産家江原慎一郎は、新浜松タイムスの社長だった。ワンマン社長で野心家の江原は、新聞に次いで電波でもと考えて、HBBを創りあげた。その認可を安岡に依頼したというのである。

江原は、安岡の秘書・水口に近づき一千万円を渡して、安岡への働きかけを頼んだ。これが、二年前のことである。

浜松のテレビ局は開局し、江原は文字通り、浜松周辺の活字と電波の二つを掌握したことになった。

このことが一年半後に、突然、問題になり、安岡は収賄容疑で、逮捕されたのである。安岡は、秘書の水口が、勝手に一千万円を受け取ったので、自分は全く知らないことだと主張した。

しかし、マスコミは安岡に冷たかった。「秘書のやったこと」という弁明に食傷していたからである。

江原は、一千万円の現金は、安岡代議士に渡るものと信じていたと、自供し、安岡は窮地に立たされた。

安岡は保釈金を供託し、帰宅したが、その夜、自宅の書斎で首を吊って死亡してしまった。

検察も、マスコミも、彼が、刑務所に送られ、政治生命が絶たれることに耐えられなくて、自ら命を絶ったといった。

だが、相原一人は、違っていたのだ。彼は、安岡が、罠《わな》にはめられたと考え、保釈された直後に、会いに行った。

その時、安岡は、プランSのことを調べてくれれば、真実が、はっきりするといったという。ただ、その直後に、このことは、忘れてくれといい、自殺したとも相原は、いった。

（そして、相原も、プランSのせいで殺されたのだろうか？）

千秋にはわからない。

だが、調べなければという思いは、次第に強くなっていく。それは相原への愛でもあり、ライターとしての千秋の自尊心のせいでもあった。

相原は、安岡代議士が、自殺でなく殺されたと考えていたように思える。

遺書はなかった。

それに、安岡は無実を主張し、強力な弁護団を頼んでいた。それなのに、なぜ、突然、自殺してしまったのか。

千秋は、大島という弁護士に会ってみようと思った。

大手町にある彼の法律事務所を訪ねた。週刊誌の取材という名目にした。

大島は六十代で、大企業の顧問弁護士もやっていた。

話し方は、穏やかだが、眼つきは鋭かった。

「今日は、安岡代議士のことで、お話を聞かせて頂きたいと思いまして」

と、千秋は、いった。

「あの件は、もう終ったことだから」

と、大島は、いう。

若い女事務員が、コーヒーを出してくれた。千秋は、それを一口飲んでから、

「でも、先生は残念だったんじゃありません？　折角、強力な弁護団を作ったのに、その直後に、安岡さんが自殺してしまったんですから」

「確かにそうだが、安岡さんが自殺するなんて誰も予測出来なかったからね」

「遺書もなかったんですね」

「そういわれている」

「新聞によると、亡くなった五月十六日は、奥さんは、実家に帰っていて、家には安岡さん一人しかいなかったみたいですね」

「多分、安岡さんは、一人で考えたくて、奥さんを実家に帰したんだと思うよ。そして、自殺の覚悟をし、自ら命を絶ったんだと、私は思っている」

と、大島は、いった。

「広い家に、安岡さん一人しかいなかったとすると、誰かが忍び込んで、自殺に見せかけて、殺した可能性も考えられるんじゃありませんか？」

千秋がいうと、大島は笑って、

「君は、突拍子もないことをいうんだねぇ。警察も、自殺だと断定しているし、安岡さんが死んだことで、トクした人間はいないんだよ。収賄の相手の江原社長は一千万円を贈ったことを認めているし、秘書の水口氏も認めているんだからね」

「秘書の水口さんは、どうなったんでしょう?」

「よくは知らないが、今は政治とは無関係の仕事をしていると聞いたことがある」

と、大島は、いった。

「先生は前から安岡さんとはお知り合いだと聞いたんですけど」

「ああ、六、七年のつき合いだった」

「個人的なおつき合いもあったわけでしょう?」

「あったが、安岡さんは政治家だから、努めて、個人的なつき合いは遠慮させて頂いてきたがね」

「でも、個人的な相談をお受けになったことは、あるんでしょう?」

「ゼロとはいえないがね。何をいいたいんだ?」

「先生は、安岡さんの口から、プランSという言葉を聞いたことはありませんか?」

と、千秋は、きいた。

「プランS? 何のことかね?」

と、大島が、きき返した。

「ご存知ないのならいいんです」

と、千秋は、いった。

「どうも、わからないね。そのプランSというのは、安岡さんと、どんな関係があるのかね？」

　大島が、眉《まゆ》をひそめてきく。

「いえ。もういいんです。失礼します」

　千秋は、そういって、腰を上げた。大島が、プランSについて、何も知らないのなら、これ以上、話しても仕方がないと思ったのだ。

　それから、二日たって、自宅マンションの電話が鳴ったので、千秋が出ると、聞き覚えのない男の声が、

「平山千秋さん？」

　と、きく。

「そうですけど？」

「二十八歳で、独身、職業は、フリーのライター。月刊誌や週刊誌に寄稿している。年収は、四百万から一千万で安定していない」

　何か、メモを読んでいるような喋り方だった。

　千秋は、腹が立って、

「何なんですか？」

　と、いったが、相手は構わずに、

「相原編集長と肉体関係あり。両親はまだ浦和に健在。五歳年上の兄は結婚して妻子あり。

現在証券会社勤務。これで合っているかな？」

「何なの？　探偵社の人か何かなの？」

「君のことは何でも知っていることを、教えたかっただけだよ」

と、男の声はいった。

「それって、私を脅してるんですか？」

「いや」

「じゃあ、何なの？」

「君は監視されているということだ。それから、一つ、今の君に必要な言葉を伝えておく。長生きしたければ、口をつぐんでいることだ」

男は、それだけいうと、電話を切ってしまった。

千秋は、呆然《ぼうぜん》として、そのまま、受話器を持っていた。

何秒かしてから、彼女は、受話器を置いた。

恐怖よりも最初は、怒りが、千秋を襲った。男は、プランSという言葉は口にしなかったが、そのことで、うろちょろするなと、いっているのは、間違いないと思った。

しかし、千秋は、プランSのことを喋りまくっているわけではない。

相原とは話したが、それは、彼が一方的に話しただけだ。

彼女の方から、プランSのことを話した人物は、ほとんどいない。

十津川という警部にも、千秋の方からは何もいっていない。十津川が、シャドーXという言葉を、相原から聞いたことがあるかと、いっただけなのだ。

自分から、プランSという言葉を口にしたのは、二日前に、大島弁護士に会った時だけなのだ。

今の男は、その会話を聞いていたのだろうか？　それとも、大島弁護士が、この男に話したのだろうか。

そんなことを考えている中《うち》に、少しずつ、恐怖がわいてきた。

私も、相原のように殺されるのではないかという恐怖だった。

更に三日たって、千秋は、一通の手紙を受け取った。

白い市販の封筒に、パソコンで打ったような字が並んでいた。

差出人の名前はなかった。

千秋は、すぐには、封が切れなかった。

電話の男のことがあったからである。今度は、手紙で脅かすつもりなのかと、思ったのだ。

しかし、電話のあと、手紙でみたいな面倒なことはするだろうかと考えて、千秋は、封を切った。

中身は、数枚の便箋《びんせん》で、それにもパソコンの文字が、並んでいた。

〈平山千秋さん。

同じ女性として、あなたのことが、心配です。

あなたは、今、危険なところに、足を踏み入れようとしているのです。

こう書けば、賢明なあなたは、私が、何のことをいっているのか、よくわかる筈《はず》です。

あなたが書いた記事は、いくつか読みました。文章も上手だし、頭の切れる人だと思いました。特に、紀行文の才能は、素晴らしい。

プランSのことなど忘れて、良い紀行文を書いて下さい。日本一の旅のエッセイストになって下さい。

プランSのことなんかにかまっていると、あなたは、間違いなく不幸になります。

今の私が不幸だから、よくわかるのです。このことに関係した人間は、全て、不幸になるのです。

何回でも忠告します。プランSのことなど忘れて、良い紀行文を書いて下さい。それを楽しみにしています〉

（どうなっているんだろう？）

と、千秋は思った。

彼女が、プランSについて、関心を持ったとたんに、二人の刑事が、シャドーXのことを知らないかと聞きにやってきた。どうやら、プランSと、シャドーXとは同じことらしい。

そのあと、電話で男が、口を閉ざしていろと、脅迫してきて、今度は、この手紙である。急に、自分の周囲《まわり》が、賑《にぎ》やかになってきた。

いいかえれば、自分が、何者かに監視されているような気がするのだ。

電話の男は、千秋の略歴を口にして、お前のことは何でも知っているぞと、脅した。この手紙も、千秋のことを心配しているといいながら、お前のことは、いろいろ知っているんだと、暗に脅しているのだ。

電話の男が、千秋を監視しているとしたら、手紙の女も、何処《どこ》かで千秋を監視しているに違いないのである。第一、手紙の主が、女と決めていいものか。電話の男が手を変えて、手紙を送りつけて来たのかも知れないではないか。

(怖い)

と、思う。

その一方で、千秋は、意地にもなっていた。何としてでも、プランSのことを解明したいという思いにも、駈《か》られるのだ。

ただ、どうすれば、プランSのことがわかるのだろうか。そこで、千秋は、一つの手段を取ることにした。

相原のやっていた週刊誌に、作家やタレントが、読者に「お願い」をのせるページがある。

これこれの本を探しているので、お持ちの方は、連絡して下さいとか、昔、どこどこの高校で、英語を教えていた××先生の消息をご存知の方は、電話下さいといった伝言が並ぶのだ。

千秋は、そのページに伝言をのせることにした。

〈私は、今、「プランS」について調べています。この件で、何か知っている方がいらっしゃったら、至急、私に連絡して下さい。

お礼を差し上げます。

フリーライター　平山　千秋〉

これは、自分を脅した相手に対する挑戦のつもりだった。

怖いのだが、プランSが何なのか、それを明らかにして、相原の仇《かたき》を取りたかったのだ。

電話の男は、この伝言を見て、何かいってくるだろう。

それとも、相原を殺したように、いきなり、千秋を殺そうとするだろうか？　手紙の主は、どうしてくるだろうか？

　一日、二日とたっても、何の反応もなかった。脅しの電話もかかって来なかったし、手紙もなかった。

　その代りに、三日目に、また、十津川と亀井の二人の刑事が、訪ねてきた。

　十津川は、週刊誌のあのページを開いて、

「この平山千秋というのは、あなたですね？」

と、きいた。

「ええ。私です」

　千秋が肯《うなず》くと、十津川は、

「ここにあるプランSというのは、何のことですか？」

「答えなきゃいけませんか？」

「ぜひ、答えて頂きたいですね」

「でも、十津川さんだって、シャドーXについて、何も教えてくれなかったじゃありませんか」

と、千秋は、文句を、いった。

「実は、警察に、こんな手紙が届いたんですよ」

　十津川は、一通の手紙を取り出して、千秋に見せた。

白い封筒に、パソコンの文字。同じだと思った。

「見ていいんですか？」

「いいですよ。あなたに見て頂こうと思って、持参したんですから」

と、十津川は、いった。

〈十津川警部様
平山千秋という女性を、ご存知と思います。彼女が今、危険なところにいます。

私は、彼女に、忠告の手紙を書いたのですが、それにも拘《かかわ》らず、週刊誌に危険な伝言をのせました。このことが、彼女の命取りになりかねません。

私には、彼女を見守ることは出来ても、彼女を助けるだけの力はありません。

警察の力で、彼女を守ってあげて下さい。それより、もっといいのは彼女に、危険な火遊びを止《や》めさせることです。

警察から、その忠告を、彼女にしてくれませんか。お願いします〉

「忠告の手紙を受け取ったのは本当ですか？」

と、十津川が、きく。

今更、否定も出来ないので、千秋は、問題の手紙を出してきて、十津川に見せた。

十津川は亀井と二人で、読み返していたが、

「なぜ、プランSについて、あなたは、興味を持っているんですか？」

と、千秋に、きいた。

「いえません」

千秋は、きっぱりと、いった。

「なぜですか」

「警察だって、シャドーXのことを何も教えてくれないじゃありませんか」

と、千秋は、いった。

十津川は、亀井と、小声で、話し合っていたが、

「わかりました。お互いに、持っている情報を交換しましょう。それでどうですか」

と、いった。

「ええ」

「じゃあ、私の方から話しましょう。ある時、捜査している事件について、突然、シャドーXと名乗る人間から、犯人の名前を書いた手紙を受け取ったのです。それで、われわれとしては、このシャドーXに関心を持ったのです。何としてでも、この人間の正体を知りたいということです。私の感じでは、このシャドーと、あなたのプランSは、同じものだと思うのです。プランSのSは、シャドーではないかと」

「私も、そう思いますわ」

と、千秋は、いった。

「では、どこからプランSという言葉が出て来たのか、教えて下さい」

と、十津川が、いう。

「相原さんが、いっていたんです。プランSについて調べてみないかって。その直後に、相原さんは、殺されてしまったんです」

「相原さんがね。彼は、プランSというのが、どういうものか、いっていましたか?」

「いいえ。彼も、全くわからないみたいでした」

「しかし、何もわからないものに、興味を持ったり、あなたに調べてみろとはいわないでしょう? 彼の関心を引くものがあった筈ですよ。それが何か、われわれは知りたいのですがね」

「今年の五月に、安岡代議士が、亡くなったでしょう。自宅で首を吊って」

「その事件なら、知っていますよ。しかし、あれは自殺となっていますがね」

「安岡代議士が、収賄事件を起こし、その揚句に自殺したと、みんなが考えていたんです」

「ええ。マスコミも、そう考えていますよ」

「ところが、相原さんは、そう考えてなかったんです。安岡代議士が、保釈されたすぐ後、彼に会って、話をしたんだそうです。その時、安岡代議士が、ふいに、プランSという言葉を口にしたといっていました」

「安岡代議士がね」

「相原さんは二年前の収賄事件というのは、安岡代議士が、罠にはめられたんだという考えなんです。そのことを、安岡代議士に伝えたら、プランSという言葉が、はね返って来たみたいです」

「つまり、プランSが、安岡代議士を罠にはめたというんですか」

第4章　神は予告する

十津川は、三上刑事部長に呼ばれた。急いで部長室に行くと、本多捜査一課長もいた。

「例のシャドーXについて、何かわかったかね？」

と、三上部長が、いきなり、きいた。

「それに関連あると思えることを、今、調べています」

十津川は、平山千秋のことを話した。

「つまり、その女性のいうプランSが、シャドーのSだというのかね？」

「証拠はありませんが、私は関係があるのではないかと疑っています」

「君はシャドーXを個人と思っているのかね？　それとも、グループと思うかね？」

と、本多一課長が、きいた。

「私は、グループだと思っています」

「そのグループが、二つの事件について、われわれに、犯人を教えてきた」

「そうです」

「その指摘は、正しいことがわかったんだな」

「二つの事件については、その通りです」

「そのグループというか、連中というかは、君は、どう考えるね？　警察の味方だと思うかね？」

と、本多が、きく。

「形の上では、われわれに、協力してくれています」

十津川はそんないい方をした。

「私は、ひょっとすると、公安関係じゃないかと思った」

と、いったのは三上だった。

「自分たちの捜査能力の大きさを誇示するために、たまたま、自分たちが知っていた情報を、こんな形で、われわれに示したのではないかと考えたんだが、これは、違っていた。今回の件と、公安とは、関係がない」

「私も、公安が、関係しているとは思いません」

と、十津川は、いった。

「この連中は、何のために、われわれに犯人を教えてきたんだと思うかね？」

本多が、きいた。

「いくつか考えられます。彼等が、政府の組織で、警察と同じく、治安を目的としているのだという考えもありますし、逆に、警察と対立する組織で、こんな形で自分たちの力を誇示しているのかも知れませんし、単なる気まぐれかも知れません」

「なるほど」

「或いは、彼等は、大きな捜査能力を持っているが、それを生かす方法を持っていないので、仕方なく、その部分で、われわれ警察を利用しているのかも知れません」

「今、君がいったことが、ひょっとすると、当っているかも知れないんだよ」

と、三上が、いった。

「どういうことですか？」

十津川が、きくと、三上は、本多に目くばせした。

本多一課長が、一枚のメモを、十津川に見せて、

「これは、警察のホームページに、今朝送られてきたメールのコピーだ。君の意見を聞きたいんだよ」

と、本多が、いった。

十津川は、それに、眼を通した。

〈われわれの声の正しさは、わかったと思う。次にわれわれは予告する。

公益法人「伝統美を守る会」の会長は、一週間以内に死亡するだろう。これにどう対処

するかは、警察の自由である。

シャドーX〉

「この公益法人は、実在するんですか？」

と、十津川は、きいた。

「実在するんだ。今その存続が問題になっている法人の一つでね。例えば、着物のような日本の伝統美が、亡びるのを防ぐという趣旨で、その育成とか職人を育てるということで、作られた公益法人なんだ」

「趣旨は、いいですね」

「そうなんだが、今は民間の組織が力を持って来て、この法人を、助成する必要はなくなっている。それなのに、この公益法人には、今でも、年間五千万円の助成金が、出されているんだよ」

と、本多はいった。

「職員は、何人いるんですか？」

「会長一人と、職員三人だが、今やっていることは、パンフレットを毎月出しているだけでね。こんなものは、年間せいぜい、二、三百万円しか要らないだろう」

「会長は、どんな人ですか？」

「通商省のOBで、名前は、堀井喬一郎。六十五歳だ」

「その堀井会長が、一週間以内に、死亡するというわけですね。それらしい兆候があるんですか?」

「それを、君に調べて貰いたいんだよ。自然に、シャドーXという組織の実態がわかってくるかも知れないからね。ただ、現在、特殊法人が社会問題になっているので、慎重にやって貰いたい」

と、三上がいった。

十津川は、この問題を持ち帰って、部下の亀井たちに話した。

亀井は、怒った。

「シャドーXは、今度は予言者気取りですか」

「私は、シャドーXの正体を知りたいんだよ。部長や一課長も、同じ気持でいる。だから、内密に、この予言が、当っているかどうか、調べたい」

と、十津川はいった。

刑事たちが聞き込みに走って、十津川の手もとに、公益法人「伝統美を守る会」と、その会長、堀井喬一郎の知識が集ってきた。

この公益法人は、現在、平河町《ひらかわちょう》の七階建のビルの三階にある。

毎月一回「伝統美研究」と題したパンフレットを発行している。毎回、会長の堀井が、もっともらしい巻頭言をのせている。

会長として、国産の最高級車を所有していて、会長の堀井が乗り廻していた。

会長の堀井の写真も、入手した。

この年齢の日本人としては百八十センチと長身で、学者風の顔立ちをしている。

通商省では、局長まで行き、五十五歳で退職し、参院選に出馬したが、落選し、その後、この公益法人に入って、会長になった。

妻の保江は、六十歳で、一男一女があり、長男は三十七歳で、現在、通商省の課長として、エリートコースを歩いている。長女は、結婚し、現在アメリカにいる。

「今のところ、家庭内の問題はないようです。仲のいい夫婦といわれていて、年一回、夫婦で外国旅行をしています」

と、北条早苗刑事が、報告した。

「個人的な借金はないのか？」

十津川がきいた。

「ありません」

「仕事上の敵はいないのか？」

十津川がきくと、西本が、

「堀井が会長になって、すでに九年になるので、そろそろ引退しろという声があるようです。通商省のＯＢの中に、その椅子を狙っている人間がいるようなんです」

「会長の給与はいくらなんだ？」

「年収一四〇〇万円です」

「悪くないな」

「仕事らしい仕事もなくて、年に一四〇〇万ですから、おいしい仕事だと思います」

「通商省のＯＢの中に、その椅子を狙っている人間がいても、不思議はないな」

「特に熱心なのが、通商省ＯＢの三宅代議士だといわれています。早く、堀井を辞めさせて、自分の知り合いの人間を会長にしたいらしいのです」

「公益法人の会長の椅子が、利権になっているということかね」

「そんなところです」

「堀井が、ガンだということはないのか？」

と、十津川は、きいた。

日下が、堀井の健康診断書の写しを十津川に見せた。

「私も、彼が不治の病にかかっているのではないかと考えました。彼は、今年の四月に人間ドックに入っているので、その病院で、これを貰って来ました。医者の話ではコレステロールの値や血圧などは、平均より少し高いし、血糖値も高いが、入院するほどのことはなく、ガンの徴候もないといっています」

「だが、シャドーXは、一週間以内に堀井は、死ぬだろうと、予告しているんだ」

と、十津川は、いった。

グループの中に超能力者がいて、一週間以内に、堀井が、自動車事故にあうのが見えるなどということではないだろう。

シャドーXというのは、もっと、現実的で、冷静に物事を見る組織のような気がするのだ。

オカルト的な組織とは、考えられない。

と、すれば、シャドーXの考えは、二つしかない筈である。

堀井が、何かに追いつめられていて、近い中《うち》に、自殺する可能性。

堀井を激しく憎んでいる人間がいて、彼を殺すという可能性。

そのどちらかということである。

十津川はこの二つの可能性を調べるように、刑事たちに、いった。

「とにかく急いでくれ。一週間以内に答が欲しい。堀井を守って、シャドーXの鼻をあかしてやりたいんだよ」

と、十津川は、いった。

刑事たちは、再び、聞き込みに走った。

だが、その答が見つからないままに時間だけが、たっていった。

四日目。

三田村刑事が、血相を変えて、飛び込んできた。

「堀井について、新事実が、わかりました。別人の名前で、富士山麓《さんろく》に、別荘を持っているらしいのです。どうやら、彼は、そこで、誰にも知られない秘密の時間を持っていると思われます。今まで、表に出て来ない人間に会っていたのかも知れません」

と、三田村はいう。

「富士山麓の何処にあるんだ？」

と、十津川はきいた。

「富士五湖のどれかの近くらしいのですが、今、正確な場所を調べています」

「わかり次第、誰かと、行って来い。今日は、土曜日だな？」

「そうです」

「公益法人『伝統美を守る会』は、土、日、休みだろう？」

「そうです」

「それなら、今日、堀井は、君のいう別荘に行っている可能性がある。急げ」

と、十津川は、いった。

二時間後に、問題の別荘が、西湖《さいこ》の近くにあることがわかり、すぐ、三田村と、北条早苗の二人が急行した。

三田村たちは、列車で甲府へ出て、そこから、タクシーを飛ばした。

いい天気で、富士が、やたらに美しかった。

西湖に着くと、そこから、また、探して、やっと、問題の別荘が、青木ケ原の入口近くにあるのが、わかった。

少しずつ、夕暮れが近づいていた。そのことが、二人を不安にしていった。

タクシーをおり、二人は、明りのついている建物に向って歩いて行った。

白樺に囲まれた別荘だった。

白いアメリカ製のジープが、とまっていた。堀井が、この別荘だけで使っている車なのだろう。

入口に立って、三田村が、インターホンを鳴らした。建物の中で、ベルが鳴っているのだが、返事はなかった。

何度鳴らしても同じだった。

早苗が、携帯で、十津川に、連絡を取った。

「どうしたらいいか、指示して下さい」

「そこは、間違いなく、堀井の別荘なのか？」

と、十津川が、きく。

「間違いありません」

「応答はないというが、留守なんじゃないのか？」

「中に、明りがついています」

「玄関は、閉っているのか？」

「錠がおりています」

「そうだな」

と、十津川は一呼吸おいてから、

「私が責任を持つから、二人で、入ってみろ。その代り、結果をすぐ、報告してくれ」

と、いった。

三田村が、念のために、もう一度、インターホンを鳴らしてから、入口の錠をこわして、二人は、中に入って行った。

「誰かいませんか！」

と、二人は、大声を出しながら、リビングに入った。だが、人の気配はない。

二人はバスルーム、キッチンと見て行った。

二人は、二階にあがって行った。

二十畳の広い洋間には、四十インチのテレビが、ドラマの再放送を流していた。

そして、フローリングの床に、パジャマ姿の男が、俯伏《うつぶ》せに倒れている。

白いパジャマの背中が、血で赤く染まっていた。その血は、すでに乾いてしまっている。

三田村たちは、屈《かが》み込んで、脈を診て、死んでいることを確認してから、男の身体を、仰向けにした。

堀井喬一郎の顔が現われた。

三田村が、部屋を調べている間に、早苗が、十津川に、電話をかけた。

「堀井が、二階で、殺されていました。背中を、刃物で、何回も刺されています」

「堀井に間違いないのか？」

と、十津川がきく。そのおさえた声が、かえって、十津川のショックの大きさを示しているようだった。

「間違いなく、写真で見た堀井喬一郎です」

と、早苗はいった。

「警部ですか。これから、どうしたらいいですか？」

三田村がきいた。

「県警に知らせるんだ。なぜ、そこに入ったか問われたら、適当に答えろ。しばらくの間、シャドーXのことは内密にしておきたい。話す必要が出来たら、私が、県警に伝える」

と、十津川はいった。

三田村と早苗はもう一度、部屋の中を見廻して、犯人の手がかりはないかと思ったが、それらしいものは見つからなかった。

と、いって、東京から鑑識を呼ぶ時間もない。

三田村が、部屋の電話を使って、山梨県警に連絡をとった。

県警捜査一課の刑事たちが、鑑識を連れて、駈けつけてきた。

三田村と早苗は、佐藤という警部に、自分の警察手帳を示してから、

「実は、この辺りの別荘にいるという友人を訪ねて来たんです。そして、この別荘の前へ来たら、玄関が叩《たた》きこわされていました。それで、気になって、中に入り、二階にあがったら、男の人がパジャマ姿で死んでいるのを見つけたんです」

と、三田村が、いった。

「この仏さんに、心当りは？」

と、佐藤が、きく。

「もちろん、全く知らない男です」

と、三田村は、いった。

普通なら、信用されないところだろうが、何といっても、三田村も早苗も同業の刑事である。それも警視庁の刑事なのだ。

「わかりました」

と、佐藤は、肯いた。

「今日は、この近くの旅館に泊るつもりですので、何か、われわれに用があれば、遠慮な

く電話して下さい」

三田村が、佐藤に、いった。

二人は、佐藤に、西湖周辺の旅館を教えて貰い、そこに入ることにした。

「どうなっているんだろう？」

と、二人は、顔を見合せた。

翌朝、朝食の時、二人は、新聞に、眼を通した。

別荘の事件が、のっていた。

〈西湖近くの別荘で殺人〉

これが、見出しだった。

〈昨日の午後六時半頃、西湖近くの別荘の二階で、パジャマ姿で、殺されている男性が発見された。この男性は、公益法人「伝統美を守る会」の会長、堀井喬一郎さん（六十五歳）と、わかった。堀井さんは、週末の休みに、別荘に来ていて、何者かに、刺殺されたと思われる。警察は、物盗りと、怨恨の両方で、捜査している〉

と書かれていた。

三田村と早苗の名前は出ていない。県警が、意識的に、隠したのだろう。別荘の名義が、堀井でないことも、出ていないが、この方は、意識的に隠したかどうかわからない。

「今頃、堀井の奥さんや、伝統美を守る会の人間が、駈けつけているな」

と、三田村が、いった。

「一週間以内だったわね」

早苗が、ぶぜんとした顔で、いった。

「予言が適中か。まさか連中が、殺したんじゃあるまいね」

三田村が、いまいましげに、いった。

「自分たちの予告を、実現させるために、自分たちで、堀井会長を殺したというわけ？」

「可能性は、あるだろう」

と、三田村がいうと、早苗は、苦笑して、

「可能性はあるけど、考え過ぎだと思うわ。そんなマッチポンプみたいなことをする連中とは、思えない」

「しかし、連中は、霊能者でもないわけだろう？」

「ええ」

「それなのに、なぜ、堀井の死を予言できたんだ？　犯人を知っているか、自分たちで殺したかのどちらかじゃないか」

と、三田村は、いった。

「確かに、そうだと思う」

「それなら、連中は、犯人か、犯人の共犯者ということだよ」

三田村は、断定するように、いった。

朝食をすませると、二人は、旅館を出て、県警の捜査本部に向った。

佐藤警部に会って、捜査状況を聞きたかったのだ。

「昨夜から、今朝にかけて、被害者の奥さんや公益法人『伝統美を守る会』の職員が、来てくれました」

と、佐藤は、二人に、いった。

「それで、何かわかりましたか？」

三田村が、きく。

「正直なところ、何もわかりません。奥さんは、あそこに別荘があるのを、知らなかったというんですよ。別荘の名義が、違っていましたから、知らなかったというのも、事実かも知れません。あの夫婦は、一見、仲が良さそうだが、お互いに、秘密の部分があって、その秘密の部分で、殺された可能性が、強くなって来ました。こうなると、犯人に迫るには、困難があるかも知れないんですよ」

「それで、司法解剖の結果は、出たんですか？」

早苗が、きいた。

「五分前に、報告がありました」

佐藤警部は、相手が、警視庁の刑事ということで、丁寧に答える。

「死因は、ご覧になったように、背後から、胸部を三ケ所刺されたことによるもので、一つの傷は心臓に達していたそうです。出血死ではなく、ショック死です。死亡推定時刻は、一昨夜の午後十時から十一時の間です」

「すると、私たちが発見するまで、二十時間の間、死体はそのままになっていたわけですね」

「そう考えられます。凶器は、まだ見つかっていません」

「犯人は、その時間に、被害者を殺したとすると、列車ではなく、車で、逃げたんでしょうか？」

と、早苗が、きいた。

「われわれも、車の線を考えています。玄関にジープ以外のタイヤ痕が見つかっているので、現在、その車種の判定を急いでいます」

「県警は、怨恨説ですか？」

早苗は、遠慮なく、きいてみた。

佐藤は、生まじめに、

「失くなったものが、わからないので、物盗り説が完全に消えたわけではありませんが、怨恨説が、強くなったと思っています。殺しの方法が、背後から三回も刺すという残酷さですし、部屋も荒らされていませんから」

と、説明した。

「あの別荘に、日頃、来客があったんですか？」

と、三田村がきいた。

「現在、聞き込みをやっていますが、女性の姿を見かけたという声も聞こえますが、まだ、はっきりしたことは、わかっていません」

「奥さんは、あの別荘のことを、知らなかったといっているそうですが、本当ですか？」

「保江さんは、そういっていますが、正確なことは、わかりません。私はうすうすは知っていたんじゃないかと、見ています」

「公益法人『伝統美を守る会』の職員はどういっているんですか？」

「会長が、ここに別荘を持っているなんてことは、全く知らなかったし、別荘に呼ばれたこともないといっていますが、話し方から見て、この証言は、信用していいと思っています」

「私たちが、あの別荘へ行った時、確か、門には、井坂という表札が、かかっていたような気がするんですが」

早苗が、いうと、佐藤は肯いて、

「われわれが調べたところ、別荘の名義は堀井喬一郎ではなく、井坂匡という名前になっています。われわれとしては、この人物について、調べたいと思っています」

「被害者は、週末にあの別荘にやって来て、いったい何をやっていたんでしょうか?」

早苗が、きいた。

佐藤は、別荘の写真に眼をやって、

「われわれも、そのことに強い関心を持って調べています。あの別荘で、誰と会い、何をしていたか。そのことが、殺人の動機につながっていると思っています」

と、いった。

十津川は、三田村と早苗の二人に、もう一日、甲府にとどまって、事件の推移を、県警に接触して調べるように、いった。

三田村たちは、偶然、別荘に入り、死体を発見したと県警にいい、被害者の堀井には関心がないことになっているので、正式に県警に、捜査状況を問い合せにくかったからである。

県警は、別荘の名義人になっている井坂匡について捜査を進めていた。

別荘は、二年前の五月に購入されていた。

売主は、地元山梨の不動産会社だった。会社は、ＪＲ甲府駅前にあった。

佐藤は、部下の吉田刑事を連れてその会社に話を聞きに出かけた。

そこで、別荘の売買契約書の控えを見せて貰った。

日付は、二年前の五月二十一日で、買主は、間違いなく井坂匡になっていた。

その時、この売買を担当した社員は、佐藤の質問に、こう答えた。

「おいでになって、契約書にサインし、支払いをされたのは、この方です」

と、彼は、堀井の写真を、示した。

印鑑証明も持参したので、井坂匡本人だと、思っていたともいう。

保証人の欄の方に、堀井喬一郎の名前が書かれていた。公益法人「伝統美を守る会」の肩書きがついていた。

「支払いはどんな形でしたんですか？」

と、佐藤は、きいた。

「あの別荘はバブル崩壊で、二億円が八千万になっていたんですが、現金で支払われました。こちらとしては、いいお客様でした」

契約書にある井坂匡の住所は、世田谷区太子堂のマンションになっていた。

電話番号も、書かれてあるので、吉田刑事が、電話をかけてみた。

が、相手が出る様子はなかった。

そこで、佐藤は、二人の刑事を東京の世田谷に、行かせることにした。

「その二人の刑事ですが、問題のマンションに行ったところ、井坂匡は引っ越してしまっていたそうです」

と、三田村が、十津川に電話で、知らせた。

「引っ越先はわかっているのか?」

「それが、わからないらしいのです。井坂匡は、堀井に名前を貸したが、殺人事件になってしまった。それで、いろいろと疑われるのが嫌で、一時的に姿を消したのだろうと、県警の佐藤警部は見ているようです」

「井坂匡というのは、何者なんだろう?」

「県警の話では、どうも井坂匡というのは、以前、『伝統美を守る会』で働いていたことがあるようで、堀井は、自分の部下の名前を借りて、二年前に別荘を手に入れたみたいです」

と、三田村が、いった。

「問題は、別荘で、堀井が何をしていたかです」

三田村がいうと、十津川は、

「そのことをシャドーＸはなぜ知っていたかということになる」

と、いった。

その方が、問題は大きかった。

別荘の入口付近にあったタイヤ痕から、この車は、ベンツのクーペタイプらしいとわかった。

この車に乗った人間が、別荘に来ていたらしい。

凶器は、いぜんとして、発見されなかった。それで、警察は、犯人が凶器を持ち去ったものと、考えた。

この車の目撃者も現われた。

濃紺のベンツのクーペタイプが、何度か、問題の別荘の前にとまっているのを見たというのである。

早朝によく散歩をする近くの老人だった。早朝、午前六時頃に、見たというから、車の主は多分、前夜、別荘に泊まったのだろう。

その老人は、車のナンバーが、品川だったとも、いった。

また、別荘近くのガソリンスタンドの給油係が、このベンツのクーペに、給油したことがあると証言した。

今年の四月下旬の日曜日で、その時のことを、次のように証言した。

「車の運転席に、三十五、六歳の女の人が、乗っていましたね。助手席には、六十代の男性が、サングラスをかけて乗っていた。その男の人は、殺された堀井さんによく似ていましたよ。女性は、色白で、きれいだった」

堀井喬一郎は家族に内緒で、西湖近くに別荘を買い、ベンツのクーペタイプに乗る三十代の女と、つき合っていたらしいと、わかってきた。

この時点で、山梨県警は警視庁に捜査協力を要請して来て、十津川たちは、大っぴらに、この事件を捜査出来ることになった。

三田村と早苗も東京に戻って、捜査に加わった。

九日目には、この女の身元が判明した。

名前は片桐美津子、三十七歳。和服のデザイナーだった。

友禅染めについて新しいデザインを作り、何度かコンテストに入賞していて、その方面では、かなり有名だという。

堀井は、今も、通商省に強い影響力を持っていて、和服業者などが、通商省の指定を受けるのに、動くことがあったらしい。

通商省の推選を受ければ、販売しやすくなるし、ある場合には、補助金も受けられる。

ある和服メーカーの社長が、片桐美津子に頼んで、堀井に近づき、新しいデザインの生地について、通商省の推選を受けることに成功したという。

この時、和服メーカーから多額の金が、堀井に渡されたらしい。

警察は、この線を追って行った。

まず、片桐美津子に任意同行を求めて、話を聞き、彼女自身のことも調べた。

彼女は、あっさりと、堀井との関係を認めたが、殺人については、否定した。

「あの日、私は、別荘に行き、夕食を一緒にとりました。そのあとで、彼が、今夜、ある人が訪ねて来て、会わなければならないので、今日は帰って、あさって、もう一度来てくれと、言われたんです。帰ったのは、午後八時半頃でした。そして日曜日に、出かけようとしていたら、堀井さんが、別荘で殺されたというニュースで、びっくりしたんです。私は、殺したりしてませんよ」

彼女のいう通りなら、堀井が、あの日の夜、会うことにしていた人間が、犯人ということになってくるのだ。

一方、片桐美津子は、ぜいたく好きで、いわゆる金のかかる女だということもわかった。

彼女は最近、月島の超高層マンションに、一部屋を購入し、銀座に自分の和服専門の店を開店しようとしていた。

その金を、堀井に出させるつもりでいた。

しかし、堀井にそんな大金が、用意できる筈がない。そこで、彼は、前に、通商省への橋渡しをしてやった和服メーカーに、その金を出させようとした。

メーカー側で、その要求の矢面に立たされたのが、六十歳の大須賀という秘書課長だった。

大須賀はメーカーの前の社長の時からの古手社員だった。会社としては、堀井の要求は、おさえたいし、堀井は、なるべく大きな金額を引き出したい。

大須賀は、その間に立って、苦労していたと思われる。若社長からは経費節約を命ぜられ、堀井からは、金を出さないのなら通商省指定メーカーを外してやると脅かされていたと思える。

その大須賀は、行方不明になっていた。彼の車も、消えていた。

同じく還暦を迎えている大須賀の妻は、最近の夫の様子は、見ていて、はらはらし通しだったといった。

昔気質《むかしかたぎ》の彼は、堀井をいい加減にあしらうことも、逃げ出すことも出来なかったに違いない。

更に、二日たって、車の中で死んでいる大須賀が、奥多摩で発見された。

車の中に、排気ガスを引き込んでの死だった。

簡単な遺書が、上衣《うわぎ》のポケットに入っていた。

堀井は、何回も金を要求してきた。今度は、一億円を出すように要求された。何度も、あの別荘に呼びつけられ、もし、この要求が入れられなければ、会社を潰《つぶ》してやる。それだけの力はおれにはあると、脅かされた。あの夜も、堀井から別荘に呼びつけられ、回答を出さなければならなかった。

そして、大須賀は堀井を殺すつもりで、ナイフを買い求めて別荘に行き、パジャマ姿の堀井を背後から三度も刺した。

この件は、私の一存でやったことで、社長は、何の関係もありませんと、最後に書いてあった。遺書の筆跡は本人のものに間違いないとわかった。

堀井殺しに使用されたナイフも、手拭《てぬぐい》が巻かれて、車内から発見された。

殺人事件は解決したのだ。

山梨県警は、乾杯して、捜査本部を解散した。

しかし、十津川たちは、そうはいかなかった。

極端ないい方が許されれば、事件の解決など、どうでも良かったのだ。

問題は、シャドーXだった。

シャドーXは、前に、殺人事件の犯人を適中させた。二つの殺人事件についてである。

それが、今度は、まだ起きていない殺人事件の被害者を指摘したのだ。

一週間以内に、堀井が殺されるといい、その通りになった。

シャドーXは、神なのか？

それとも、超能力者なのか?
また、シャドーXは、なぜ、警察にそのことを知らせて来たのか?

第5章　逃げる女

シャドーXが、何者なのか。

捜査本部では、さまざまな見方があった。

一人や二人の人間ではない。一つのグループ、組織だろうという点では、一致していた。

何処《どこ》かの政府の組織が関与しているのではないかと考える刑事たちもいた。

その時、彼等の頭にあったのは公安警察のことだった。

豊富な予算を持つ公安だが、関係する事件が起きなければ、表立った活躍は出来ない。

それに、もともと、十津川たち刑事警察と、公安とは、仲が悪い。

スパイ事件でも起きれば公安は、華やかに活躍できるのだが、活躍の舞台が、与えられないと、いらだちが多くなってくるのではないか。

そこで、たまたま、自分たちの摑《つか》んだ情報を、十津川たち刑事警察に、ひそかに伝えて、刑事事件を解決させ、自己満足にひたっているのではないのかという推測である。

それとは逆に、暴力団が関係しているのではないかという刑事もいた。

闇の組織の情報収集力も、馬鹿にならない。たまたま摑んだ情報を、いつもは敵対している警察に伝えて、奇妙な自己満足を感じているのではないかという推測である。

十津川たちが、そんな風に、各自の推理を戦わせている時、突然、三上刑事部長から、待ったが、かかった。

「シャドーXについての捜査を中止する」

と、三上は、いった。

「理由は何ですか？」

十津川が、険しい表情できく。

「理由は簡単だ。事件でないものの捜査は必要ないということだよ」

「別に、シャドーXが、なぜ事件じゃないんですか？」

「シャドーXが、殺人事件を起こしてるわけじゃないだろう」

「そうですが、どんな組織なのか、捜査する必要はあります」

「いいかね。マスコミはこの組織の存在に、まだ気付いていないんだ。もし、われわれが、シャドーXを捜査し続けて、マスコミに気付かれたら、どういうことになると思う。警察が解決した三つの事件は、シャドーXという得体の知れないグループの力を借りていたんだということで、われわれ警察が、批判されかねない。それでなくても、最近は、警察の捜査能力が、いろいろいわれているんだ。これ以上の批判は、困るんだよ」

と、三上は、いった。

「シャドーXの捜査は、どうしても、中止ですか？」

「余分な仕事はするなといっているんだ。警察にとって、何のプラスにもならない捜査は、特にだ」

「何処からか、圧力がかかったということはないんですか？」

と、十津川は、きいた。

「バカなことはいうな。シャドーXが、何者なのかわからないのに、圧力がかかるわけがないだろう」

三上が、声を荒らげた。

「それなら、捜査を続けさせて下さい」

と、十津川は嘆願した。

「私にも、何者なのかわかりませんが、危険な組織になる可能性があると思えて仕方がないのです」

だが、とにかく、シャドーXについての捜査は中止すると、三上に言明され、十津川が、ぶぜんとした顔で、自分の席に戻った時、電話が入った。

「警部に、名指しで電話です」

と、西本が、いった。

十津川が、受話器を取った。

「十津川警部さんですか？」

女の声が、いった。その声が、ひどく緊張しているのがわかった。

「そうですが、あなたは？」

と、十津川が、きいた。

「君原さつきといいます」

相変らず、女の声は緊張している。

「ご用は何でしょうか？」

「シャドーXについて、十津川さんに聞いて頂きたいことがあるんです」

と、女は、いう。

十津川の表情が、きつくなった。

「なぜ、シャドーXのことを、知っているんですか？」

自然と、十津川の声も強くなった。

「それも聞いて頂きたいんです」

「話して下さい」

十津川は、机の引出しから小型のテープレコーダーを取り出し、それを、片手で、電話機に接続しながら、いった。

「電話では、話せません」

と、女は、いう。

「では、どうしたらいいんですか?」

「明日、私は、こだま411号に乗ります。十津川さんも、それに乗って下さい。車内で、私の方から、声をおかけします」

と、女は、いう。

「こだま411号ですね」

「ええ。その12号車です」

「あなたは、どんな服装ですか? 特徴を教えておいて頂けませんか?」

「じゃあ、明日。こだま411号、12号車。間違えないで下さい」

と、いって、女は、電話を切ってしまった。

逆探知では、携帯電話らしいとわかったが、それ以上のことは、わからなかった。

十津川は、テープレコーダーを再生して、女の声を、他の刑事にも聞かせた。

「何か、怖がってるみたいですね」

と、亀井が、いった。

「ああ、ひどく緊張している」

「シャドーXのことを知っているみたいですが」

「その組織の中にいるのかも知れないな」

と、十津川は、いった。

十津川が、なぜ、相手が、自分の名前を知っているのだろうかと、首をかしげると、女の電話を受けた西本が、

「私が、聞いておきますといったんですが、女は、十津川さんに直接お話ししたいと、いったんです。なぜか、警部の名前を知っていたみたいですよ」

と、いった。

「とにかく明日、この女に会ってくる」

と、十津川は、いった。

「三上部長は反対しますよ」

「だから、休暇をとって、行くよ」

と、十津川は、いった。

こだま411号は、東京午前九時一〇分発で、新大阪行である。

ウイークデイなので、車内はすいていた。

十津川は、12号車に、腰を下すと、ゆっくり見廻した。

12号車は指定席だが、四分の一くらいの乗客しか乗っていなかった。

東京駅を発車すると、十津川は、トイレに立った。通路を往復して、乗客の顔を見た。女性客が、六人いたが、その中に、君原さつきがいるかどうか、わからなかった。電話の声は、三十歳前後に聞こえたのだ。六人の中で、二人の女性客が、そのくらいの年齢に見えたが、列車が、新横浜、小田原と過ぎても、声をかけてくる様子は、なかった。

十津川は、待つことにした。

こだまだから、当然、各駅停車である。東京を出ると、終点の新大阪まで、十四の駅にとまる。そのどれかから、乗ってくるつもりなのかも知れない。

落ち着けなかった。

こだまだから、停車する度に、乗客が降りたり、乗って来たりする。三十歳前後の女性客が乗ってくると、その度に、十津川は、緊張したが、いつまで待っても、十津川に、声をかけてくる女性はいなかった。

ついに、新大阪に着いてしまった。

新大阪着十三時二〇分。駅の中の食堂で、十津川は、おそい昼食を食べ、携帯を亀井にかけた。

「女は、接触して来なかった」

と、十津川は、いった。

「いたずらだったんですかね」

と、亀井が、いう。

「シャドーXのことを知っていたから、単なるいたずらとは、思えないんだが、ひょっとすると、試されたのかも知れないな」

「試されたって、どういうことですか？」

「三上部長は、シャドーXのことは、もう調べるなといった」

「圧力が、かかりましたかね」

「それは何ともいえないが、シャドーX自体が、調べられるのを嫌がっているとする。連中は、われわれ警察が、どれだけ関心を持っているのか、知りたかったんじゃないかな」

「なるほど、それで、女を使って、警部を呼び出した——？」

「私が、出て行けば、関心を持っているとわかるし、出て行かなければ、捜査は中止したとわかる」

「それで——」

と、亀井は、いいかけて、

「ちょっと待って下さい」

と、電話から、声が、消えた。

二分ほどで、亀井の声が、戻ってきた。

「今、例の女から電話があって、警部の携帯の番号を聞いてきましたので、教えました。間もなく、そちらにかかってくると思います」

と、亀井が、いった。

彼のいう通り四、五分して、十津川の携帯が、鳴った。

あの女の声が、聞こえた。

「すいません。わけがあって、声をおかけ出来なかったんです」

「じゃあ、あの列車に、乗っていたんですか？」

「とにかく、怖かったんです」

と、女は、いった。

「それはあなたが、監視されているということですか？」

と、十津川が、きいた時、

「あッ」

と、ふいに、女が声をあげた。悲鳴に聞こえた。

「どうしたんです？」

「また、電話します」

と、女は、切ってしまった。

（誰か来たんだろうか？）

十津川は、携帯をテーブルに置き、煙草《たばこ》に火をつけた。

女は、やたらに怯《おび》えている感じだったなと思った。シャドーXについて、何か大事なことを知っているので、それで怖がっているのだろうか？

ふいに眼の前に、人が立った。

見上げると、若い女が立っている。その顔に見覚えがあった。

「確か、君は、平山千秋さんだったね」

「ええ。いろいろと訊問された平山千秋です」

女が微笑《ほほえ》んでいう。

「事情聴取しただけですよ」

と、十津川は訂正した。

「座って構いません？」

「どうぞ」

十津川が肯《うなず》くと、千秋は、正面に、腰を下してから、

「私にも、コーヒー」

と、ウエイトレスに、注文した。

十津川は遠慮して煙草を消し、煙を手で払った。

「今日は、どうして大阪へいらっしゃったんですか？」

と、千秋が、いきなりきいた。

十津川は、迷ってから、

「今日は、非番です」

と、いった。

「じゃあ、非番の時は、大阪へ来るのに、各駅停車のこだまにお乗りになるんですか？」

千秋は、からかい気味に、いった。

「あなたも、こだま411号に、乗っていたんですか」

「私は庶民の顔をカメラで撮るのが好きなんですよ」

千秋は小型のデジタルカメラを、テーブルの上に置いて見せた。

「庶民の顔をですか」

「ええ。今度、新幹線の乗客の顔を撮ることにしたんです。でも、ひかりやのぞみは混んでいて迷惑になると思って、すいているこだまにしたんです」

千秋は、そんないい方をした。

十津川は、そのいい方に苦笑しながら、カメラに眼をやった。

（あの車内で、この女が写真を撮っていたのだろうか？）

と、十津川は思った。

どうも覚えていない。

「私も、撮られたのかな?」

と、きくと千秋はそれには答えず、

「本当に非番だったんですか?」

と、きいた。

「そうですよ」

「大阪へ、非番で遊びにいらっしゃったのなら、何処を観光なさるつもりなんですか?」

千秋は、しつこく、きく。

「そうですねえ。大阪城へでも行きますかねえ」

十津川も、とぼけて、いった。

「何か怪しいな」

と、千秋は、いってから、急に立ち上って、

「失礼します」

と、店を出て行った。

十津川は、拍子抜けして、しばらく、彼女を見送っていたが、今日一日しか、休暇をとっていないのを思い出した。

(何とか、今日中にシャドーXについて何かつかまないと)

と、思った。

君原さつきは、また電話すると、いった。今日中に会えて、シャドーXについて、情報を得られればと、思う。

今、彼女は、何処にいるのだろうか？

もし、こだま411号に乗っていたとすると、なぜ声をかけて来なかったのだろうか？

考えられるのは、邪魔が入って、そのチャンスを逸したということである。

チャンスのないままに、新大阪で列車を降りたが、何とか、連絡を取りたくて、彼女は、十津川の携帯の番号を聞き、さっきかけて来たのではないのか。

もちろん、全てが芝居だということも考えられる。そうなら、彼女は、十津川を引っかけるエサなのだ。

（しかし、これは、違うな）

と、すぐ、思った。

十津川を引っかける芝居なら、もっと上手く、念入りにやるだろう。あんな尻切れトンボの芝居はしないだろう。

十津川は、今日は、大阪に泊ることにした。ここで彼女の電話を待つためである。

午後三時近くに、福島区のホテルに、チェック・インした。

ロビーのティールームに、ぼんやりしていると、待っていた電話が鳴った。

十津川が、受信ボタンを押すと、いきなり、

「助けて下さい」

と、女の声がいった。君原さつきの声だった。

「今、何処にいるんです？　それを教えてくれないと、あなたを助けられませんよ」

と、十津川は、いった。

一瞬、間を置いてから、

「浜松です」

と、彼女が、いった。

「浜松？」

「ええ。浜松にいるんです」

「浜松の何処ですか？」

「ここは――」

と、彼女がいいかけた時、電話の向うで、車のクラクションの音が聞こえた。

「今、行きます」

「え？」

十津川が、きいた時、電話が切れてしまった。

どうやら「今、行きます」といったのは、十津川に対してではなく、車のクラクションを鳴らした人間に対してだったのだ。

（どうしたらいいだろう？）

十津川は、決心し、実行した。

ホテルのフロントにキャンセルの手続きをしてから、すぐ、タクシーを呼んだ。

新大阪駅に向う。

君原さつきが、こだまを指定した理由が、わかったと思った。

彼女は、浜松へ行くことになって、その途中で、車内で十津川に連絡したいと考えたに違いない。行先が、浜松だから、各駅停車のこだまにしたのだ。

十津川は、発車間際の東京行のこだまに、飛び乗った。

座席に、腰を下したとたんに、列車は、発車した。

（浜松には、何があるのだろう？）

と、十津川は考えた。

窓に眼をやった時、隣りの席に、女が、腰を下した。

「もう、東京へお帰りになるんですか？」

と、女がきく。

「また、君か」

十津川は、苦笑いして、彼女に、いった。

「ええ、私です」

と、平山千秋が、笑った。

「私を監視していたのか？　尾行したみたいだね」

「刑事さんでも、自分が尾行されているのに、気がつかないことが、あるんですね」

と、千秋が、また笑う。

「今日は非番で、刑事じゃないんだ」

「それにしては、旅行を楽しんでいるようには、見えませんけど。ホテルに泊るとばかり思っていたんですよ」

「生れつき、気まぐれなんだ」

と、十津川は、いった。

「東京にお帰りになるなら、こだまじゃなくて、ひかりか、のぞみになさればいいのに」

「勝手に、私の行動を、あれこれ憶測しないで貰いたいね」

「何処へ行くんですか？」

と、きいてから、千秋は、急に眼を宙にやって、

「当ててみましょうか？」

「――」

「ひょっとして、浜松じゃないんですか？」

と、千秋はいった。

十津川は思わず、眼をむいて、千秋を見てしまった。

それを見て、千秋はニヤッとした。

「やっぱりね」

「どうして、浜松だと思うんだ？」

十津川がきくと、千秋はますます楽しそうな顔になって、

「嬉しいな。当ったんだ」

（なぜ、浜松とわかったんだろう？）

切符を見たとは、思えない。十津川は東京までの乗車券を買っていたからである。

十津川は、急に立ち上った。

「まだ、名古屋ですよ」

と、千秋は、いった。

「トイレだ」

十津川はぶっきら棒にいい、デッキに出ると、携帯で、亀井にかけた。

「平山千秋という女を覚えているか？」

「よく覚えています。相原の女で、フリーライターでしょう」

「彼女が、自殺した安岡代議士のことを、話していたのも覚えているか？」

「覚えています。安岡代議士に、関心を持っているようでしたね」

「その安岡代議士は、何処の出身だったかな？」

「確か、浜松の出身だったと思います」

と、亀井が、いった。

「やっぱり、そうか」

「何かありましたか？」

「どうやら、彼女は、今も安岡代議士に強い関心を持っているらしいよ」

「なぜですかね？」

「それも、おいおい、わかってくる筈《はず》だ」

と、十津川は、いった。

座席に戻ると、千秋は、車内販売でコーヒーを求め、それを飲んでいた。

「十津川さんの分も買っておきました」

と、いう。

なるほど、紙コップのコーヒーが、十津川の席に、置かれてあった。

十津川は、そのコーヒーを、口に運んでから、

「君は、今も安岡代議士に、関心を持っているみたいだね」

と、いった。

「ああ、今デッキに出て、誰かに、携帯をかけて、私のことを聞いたんですね」

「安岡代議士が、何処の出身か調べたんだよ」

と、十津川は、いった。

千秋は、しばらく、考えていたが、

「ざっくばらんにいきません？」

と、十津川を見た。

「何をだね？」

「十津川さんと、私が、調べていることは、同じような気がするんです。だから、ギブ・アンド・テイクで、いきません？　その方が、時間が節約できると、思うんですよ」

と、千秋は、いった。

「何のことを、いってるんだ？」

十津川が、きくと、千秋は、いきなり、

「シャドーのこと」

と、いった。

「なぜ、シャドーのことだと思ったんだ？」

「私も、シャドーのこと、いえ、プランSのことを追い続けているからですわ」

と、千秋は、いった。

十津川は一瞬、考え込んだ。が、すぐ、

「わかった」

と、いった。

「君のいう通り、ギブ・アンド・テイクで、いこう」

「警察は、あの後、どこまでシャドーXについて調べたのか、教えて下さい」

「間もなく、浜松だよ」

「はぐらかさないで下さい」

「とにかく、浜松で降りよう。そのあと歩きながら話すよ」

と、十津川は、いった。

列車が、浜松駅に着いた。二人は、列車を降り、改札に向って歩きながら、十津川が、話した。

「シャドーXは、組織の可能性が強い」

と、十津川は、いった。

「どんな組織なんですか？」

「構成も、人数も、全くわかっていないんだ」

と、十津川は、いった。

「私は、危険な組織だと思っている」

「それを、十津川さんが、一人で、調べているんですか？」

と千秋が、きく。

十津川は、それには答えず、

「今度は君の番だ」

「安岡代議士も、相原編集長も、死ぬ前にプランSという言葉を口にしていたことはすでに十津川さんに話しましたよね。安岡代議士の死が、このプランSとどう関係があるのか、まだよくわからないんです」

と、千秋は、いってから、

「なぜ、今日、こだま411号に乗ったか、教えて下さいな」

と、いう。

「昨日突然、若い女性から電話があった。シャドーXのことで話したいと、いった。こだま411号に乗ってくれれば、車内で、自分の方から声をかけると、いったんだ」

「でも、彼女は、その列車の中で、声をかけて来なかったんでしょう？」

「そうだ。君はなぜ、こだま411号に乗っていたんだ？」

十津川が、きくと、千秋は、笑って、

「それが偶然なの。たまたま、友だちを東京駅に見送りに行っていたら、十津川さんを、見かけたんですよ。一人で、何をするんだろうと、見ている中《うち》に、追《つ》けてみようという気になって、こだま411号に、乗ってしまったんです」

と、いった。

それが本当かどうか、わからなかった。が、十津川は、黙って聞いていた。

二人は、改札口を出た。

「これから何処へ行くんですか？」

と、千秋が、きいた。

「それが、わからないんだ」

十津川は正直に、いった。

千秋は、「えっ？」という顔になって、

「本当にわからないんですか？」

と、きく。

「彼女は、浜松としかいわなかったからね」

「彼女の携帯の番号は、知っているんですか？」

「いや、それもわからない。こちらから連絡を取る方法はないんだ」

「困ったわ」

と、千秋は、考え込んでしまった。が、急に、

「じゃあ、テレビ局に行ってみましょう」

と、いった。

「なぜ、テレビ局に？」

十津川が、きいた。

「死んだ安岡代議士は、この浜松の地方テレビ局の開局に尽力して、そのために、収賄《しゅうわい》の嫌疑を受けて、逮捕されたんです」

「そうだったね。思い出した」

「だから、この浜松で、私が思い当るのは、このことしかないんです」

と、千秋は、いった。

「行ってみよう」

十津川は、肯いて見せた。

最近、認可されたのは、HBBだった。

二人はタクシーを拾い、そのテレビ局に、向った。

HBBは、浜名湖《はまなこ》を見下す丘の上に、あった。

駐車場には、二台の中継車が並んで、とまっていた。

タクシーから降りると、十津川は、テレビ局の入口を、のぞいて、

「これから、どうするかね。まさか、警察手帳を見せて、中を調べさせてくれというわけにもいかないからな」

「見学者受付と書いてあるから、それで、中を見させて貰いましょうよ」

と、千秋はいい、さっさと、中へ入って行った。

彼女は受付で、二枚のバッジを貰い、その一枚を十津川に渡して、

「さあ、行きましょう」

と、促した。

この中に、彼女がいるのかどうか、わからなかった。

廊下には、テレビの録画撮りをしているスタジオのナンバーと場所が、書いてあった。その時間もである。

二人は、バッジを付け、廊下を奥へ向って、歩いていった。

顔をよく知っているタレントや、ディレクターたちが、忙しげに廊下を、歩き廻っている。

スタジオの扉が開くと、音楽や拍手が、聞こえてくる。

NO1スタジオ、NO2スタジオと書かれた扉を開けると、二人は中を、のぞき込んだ。その度に、

「彼女いますか?」

と、千秋がきく。

もし、そこに君原さつきがいれば、十津川を見て、声をかけてくるか、或いは、眼だけで、合図を送ってくるだろう。

十津川はわざと、ライトの当る場所に顔をさらしていったが、声をかけてくる女も、合図を送ってくる女も、いなかった。

なかなか、期待する反応がなかった。

三階にあがると、広い喫茶室があった。

そこには、ディレクターがいたり、歌手がいたり、時代劇の扮装《ふんそう》のままの俳優がいた。

十津川たちのように、見学者バッジをつけた者もいた。

二人は、食券を買い空いているテーブルに腰を下した。

ウエイトレスが、コーヒーと、ケーキを運んできた。

この喫茶室は、賑《にぎ》やかだった。近くのテーブルでは、ディレクターが、俳優と大声で、打ち合せをしていたり、他のテーブルでは、漫才のコンビが出し物の打ち合せをしたりしているからである。

千秋は、楽しそうに、周囲を見廻していた。知っているタレントが見つかると、ミーハーみたいに、眼を輝かせているのだ。

十津川の方は、眼を閉じて、椅子にもたれていた。二人のテーブルの近くを歩いて行く男女の声が聞こえてくる。

「少し、顔色が青いぞ」

「何でもありません」

「心配ごとがあるんなら、おれに話せよ。力になってやるよ」

（あの声！）

十津川は眼を開けた。

あの女の声だと、思ったのだ。

だが、何処へ消えたのか、わからなかった。

（眼をつむっているんじゃなかった！）

と、思ったが、今更、どうしようもない。

ただ、十津川たちのテーブルの近くを通って、この喫茶ルームの出入口に向って、歩いて行ったのは、間違いないのだ。

こうしている間にも、何人も出て行くし、入ってくる。

十津川はじっとしていられなくて、やみくもに立ち上り、出口へ歩いて行った。

千秋があわてて、追ってくる。

ドアを開けて、廊下へ出た。

「どうしたんですか？」

と、千秋がきく。

「彼女の声が、聞こえたんだ」

と、十津川は廊下を見渡した。

が、人の姿は、無かった。

曲りくねった通路だから、他の部屋に入ってしまったか、スタジオに入ってしまったのか。

「彼女が、いたんですか？」

「声を聞いたんだ」

「声だけですか？」

「私は、彼女に会ってないんだ。電話で、声を聞いてるだけなんだよ。だが、特徴のある声だから、間違いないと思っている」

と、十津川は、いった。

喫茶室を出たタレントや、ディレクターが、何か声高に喋《しゃべ》りながら、二人を追い抜いて行く。

「どうするんです？」

千秋が、きく。

「彼女が、ここにいることだけは、間違いないと思う」

「でも、顔は、わからないんでしょう？　ここで、何をしているかもわからない」

「男と二人で話しながら、喫茶室を出て行ったんだ。男は、しきりに、彼女に向って、顔色が悪いが、大丈夫かと聞いていた。彼女は、何でもないと答えていた」

十津川は、その会話を思い出しながら、いった。

「テレビ局で働いている女性というと、タレントか、局のスタッフということになると思うんですけど」

と、千秋が、いった。

「そうだな」

「そのどっちかしら？」

「わからない。が、とにかく、声に特徴があるんだ」

「じゃあ、局内を、むちゃくちゃに歩き廻ってみましょうよ。また、彼女の声が、聞けるかも知れませんわ」

千秋がいった。

「そうだな。それしか、方法はないかもわからないな」

と、十津川は肯いた。

十津川は腕時計を見た。局内の見学は、あと一時間十二分しか、許されてなかった。

二人は、まず、エレベーターで、一階までおり、各階を、やみくもに見て廻ることにした。

エレベーターの中で、十津川は眼をつむっていた。一階におり、まだ、ドラマの録画をやっているスタジオでも、入ると、十津川は眼をつむった。

眼を閉じていた方が、乱れ飛ぶ声の中から、彼女の声を聞き分けられる気がしたからだった。

しかし、見学の時間が、切れてしまった。

「これから、どうします？」

と、千秋が、さすがに疲れた顔できく。

「どうしたらいいか――」

第6章　絶対音感

「彼女が、このテレビ局の中にいたことは、間違いないんだ」

十津川は、自分に、いい聞かせるように、いった。

「でも、どうするんです？」

千秋が、同じことをきく。

「外で待つ」

「外でって？」

「外で、このテレビ局の人間が出て来るのを待とうと思うんだよ。その中に、彼女がいてくれたら、つかまえられる」

「でも、十津川さんは、彼女の顔を知らないんでしょう？　もし、彼女が黙って眼の前を通り過ぎて行っても、わからないんじゃないんですか？」

「そうかも知れないが、向うだって、私に、接触したがっているんだ。私の姿を見たら、何らかのゼスチュアを示してくると期待している」

と、十津川は、いった。

二人は、外に出ると、入口の脇で、テレビ局員やタレントたちが出てくるのをじっと待った。

時間が来て、ぞろぞろと、人が、出て来た。

十津川は、わざと、目立つ場所に身を移して帰って行く局員たちを見送っていた。

しかし、うさん臭そうに十津川を見ていく人はいても、声をかけてくる人間は、いなかった。

テレビ局は、退社時間が、一定していない。夜に入ってからも、仕事は続いているし、帰る局員もいる。

十津川たちは、暗くなってからも、根気よく、待ち受けた。

午後七時半頃、五、六人の男女が、出て来た。

男三人、女二人のグループだった。

女二人が、おしゃべりをしている。

「何か、心配ごとなの？」

「いえ。別に」

「相談にのるから、何でも話してよ」

「何でもないの」

そんな会話だった。

しかし、十津川は、片方の女の声に、緊張した。

(あの声だ!)

と、思った。

短かく、遠慮がちに答えている方の女の声が、似ているのだ。

「彼女だ」

と、十津川は千秋に向って、短かくいった。

「どっち?」

「白のコートをはおっている小柄な方だ」

いいながら、十津川の身体は自然に、そのグループを追いかけていた。

その時一台のRV車が、急に、グループに近づいてくると、ドアが開き、手が伸びて、問題の女の腕をつかんだ。

強引に、車の中に、引きずり込む。だが、なぜか、彼女は悲鳴をあげなかったし、他の四人も、別にさわぎ立てたりしなかった。

シルバーメタリックのRV車は、女を呑み込んであっという間に走り去った。

十津川は、

「ちょっと、待って下さい!」

と、四人の男女に声をかけた。

「何です？」

と、男の一人がきく。

「今、あの車に乗って行った女性ですが」

「君原さんのこと？」

と、男の一人が、きく。

君原というのは、本名だったのか？

と、十津川は思いながら、

「彼女は、テレビ局で、何をしてるんです？」

「あなたは？」

男は、咎《とが》めるように、十津川を見た。怪しい奴だなという顔だった。

十津川が、どう答えたらいいか迷っていると、千秋が割って入る感じで、

「私たち、彼女に頼みたいことがあって、待っていたんですよ」

と、四人に向っていった。

「じゃあ、楽器屋さん？」

と、女が、きく。

「ええ。楽器を販売しています」

千秋が、適当に相槌《あいづち》を打つ。

「でも、彼女、忙しいから、余分の仕事は、無理だと思うわ」

「そんなに忙しいんですか？」

と、十津川が、きいた。

「だから、今も、迎えに来ていた車に乗って、飛んで行っちゃったでしょう」

と、女が、いう。

「じゃあ、あの車はテレビ局のものじゃないんですか？」

「ええ。何とかいう会社が、彼女を引き抜いたの。彼女の腕を見込んで」

「楽器の腕をですか？」

「正確にいえば、調律の腕ね」

と、女は、いった。

「じゃあ、君原さんは、テレビ局で、調律の仕事をしているんですか？」

十津川がきくと、相手は、急に眉《まゆ》をひそめて、

「あなた方、彼女に仕事を頼みに来たんじゃないんですか？」

「そうです。楽器の調律を頼みに来たんですよ」

と、あわてて十津川は、いった。

「じゃあ、もう諦《あき》めた方が、いいんじゃないかな」

と、男の一人が、いった。

「彼女、今日、帰って来たのは、残務整理のためみたいにいってたからね。もう、ここへは、戻って来ないかも知れないよ」

「でも、新しい会社で働くのを、嫌がっていたみたいだけど」

と、女が、いった。

「ふさぎ込んでいたよ」

と、他の男が、いった。

「新しい会社というのは、どんな会社なんですか？」

十津川が、きいた。

「名前は知らないが、何でも、通信器機を扱ってる会社だとかいっていたな」

と、三人目の男が答える。

「楽器の会社じゃないんですか？」

「ああ、通信器機の会社だと、いっていた」

「その会社が、なぜ、調律師の彼女を引き抜いたりしたんです？」

「わかりませんね」

「彼女のあの才能じゃないかしら？」

と、女が、いう。

「あの才能って？」

「彼女は絶対音感の持主なの」

「絶対音感？」

「ご存知でしょう？」

「聞いたことはありますがね」

とだけ、十津川は、いった。

「彼女のその才能を買って、引き抜いたんだと思うけど」

と、女はいった。他に考えられないという。

男たちも、同じだった。通信器機の会社に、君原さつきが引き抜かれた理由は、他に考えようがないと、いった。

十津川と、千秋は、彼等と別れた。

「何だか、変な話ね」

と、千秋は、バス停に向って歩きながら、十津川にいった。

「絶対音感の話？」

「いえ。それは、本当だと思うの。あのテレビ局で使う楽器の調律をやっていたんなら、彼女が、絶対音感の持主だというのは、わかるの。でも通信器機の会社といったら、携帯電話なんか作っているんでしょう。そんな会社が、なぜ、絶対音感の持主を、引き抜いたりするのかしら？　それが、不思議なのよ」

「通信器機の会社というのが、嘘なのかも知れない」

と、十津川はいった。

「じゃあ、何の会社だったと思うの？」

「そこまではわからないが――」

と、十津川は、いったが、その時、彼は、「シャドーX」という言葉を考えていた。

君原さつきは、その「シャドーX」という組織に、引き抜かれていたのではないのか。

「彼女を連れ去った車のナンバーでもわかればな」

と、十津川がいうと、千秋が、

「ナンバーなら覚えてるわ」

「覚えてる？　本当か？」

「ええ。東京ナンバーだったから気になったの。品川ナンバーだった」

「よし。すぐ、東京に戻ろう」

十津川が、きっぱりと、いった。

「じゃあ、君原さつきという女性は、東京に向ったと思ってるの？」

「そうだ」

と、十津川はいった。

バスで、浜松駅まで行き、十津川は、千秋と上りのこだまに乗った。

車内から、亀井に携帯をかけた。

千秋が覚えていたRV車のナンバーを伝えて、

「この車の持主をすぐ、調べて欲しいんだ」

と、いった。

二人が、乗ったこだまが東京に着いたのは二二時三七分である。

駅には、亀井が、パトカーで迎えに来ていた。

十津川は、千秋と一緒にパトカーに乗り込んだ。

「例のナンバーの車の持主が、わかりました」

と、亀井がいった。

「早いね」

「河野宏という、不動産会社の若い社員の車でした。念のために、西本刑事が、河野のマンションに行ってますが、河野は、留守だといってきました」

「きっと東名高速を、東京に向って走っている途中だろう」

と、十津川は、いった。

「じゃあ、彼のマンションで、待ちますか？」

河野宏という男のマンションは、明大前《めいだいまえ》の甲州街道沿いにあった。

西本が、十津川たちを迎えて、

「河野は、まだ帰っていません」

と、いう。

浜松から東京まで、二百六十キロくらいだろう。それを考えると、まもなく、帰ってくるのではないか。

「河野というのは、どんな男なんだ？」

と、十津川は、西本にきいた。

「ここの管理人に聞いた限りでは、二十八歳、独身の平凡な青年みたいです」

と、西本は、いう。

十津川たちは、マンションの外で、問題のＲＶ車が、帰ってくるのを、じっと、待った。

だが、一時間半たっても、二時間たっても、ＲＶ車は、現われなかった。

日が変って、午前三時、四時を過ぎても、戻らないのだ。

「彼女たちは、浜松で泊ったんじゃないの？」

と、千秋が、眠そうな顔で、いった。

「いや、それは、考えにくいな」

と、十津川はいい、亀井に、

「東京へ戻る途中で、事故にあったのかも知れない」

「では、問い合せてみます」

と、亀井は、いった。

亀井が、携帯を使って、問い合せていたが、

「東名の海老名《えびな》SA近くで、車が、爆発事故を起こし、上り車線が、通行止めになっているそうです。詳しいことはわからないと、いっています」

と、十津川に、いった。

「上り車線か？」

「そうです」

「彼女の乗った車かしら？」

千秋が、表情を変えている。

「そうでないことを祈るがね」

と、十津川は、いったが、その言葉とは逆に、あのRV車の事故に違いないという思いに落ち込んで行った。

十津川は、千秋と別れ、念のために、西本をマンションに置いて、亀井と、警視庁に帰った。

部屋に入ると、彼は、すぐ、テレビをつけてみた。

朝五時のニュースになると、いきなり、東名高速の事故が、報じられた。

テレビ画面に、炎上する車が、映し出された。

〈午前０時頃、東名高速上りの海老名ＳＡを出た車が突然、爆発炎上しました。そのため、上り車線は二時間にわたって、通行止めになりました。問題の車は、品川ナンバーのＲＶ車で、車内にいた男女二人が、死亡したとみられています。目撃者の話では、爆弾が破裂したような大音響がし、たちまち炎に包まれたといわれます。警察は、事故と、何者かによる爆破の両面で、捜査しています〉

と、アナウンサーが、いう。

「やっぱり、君原さつきたちだ」

十津川は、舌打ちをした。

多分、二人は、浜松から東名を走って来て、海老名ＳＡで、ひと休みしたのだろう。ラーメンでも食べたのか。亀井が、眉をひそめて、

「その間に犯人が、彼等の車に、爆弾を仕掛けたんでしょうか？」

午前七時、九時と、時間がたつにつれて、テレビのニュースは、詳細になっていった。

九時のニュースでは、河野宏の名前と顔写真が、画面に出た。

ただ、一緒に乗っていた若い女の名前は、まだわかっていなかった。

海老名SAの職員が、アナウンサーに向って喋る。

「ええ。お二人のことは、よく覚えていますよ。十一時五、六分に来られて、ラーメンを食べられたんです。男の方は、大盛りをね。黙って食べていましたよ。そうですねえ。疲れているといえば、疲れた顔でした。特に女性の方がね。女の人は丸顔で、白いコートを着てました」

爆破、炎上したRV車から、ダイナマイトの破片と、タイマーが見つかったと、発表された。

十津川は、この事実を、三上刑事部長に伝えた。

「その事故のことなら、私も聞いているよ」

と、三上が、いった。

「事故ではなく、明らかな殺人です」

「しかし、神奈川県警の事件だろう」

「そうですが、殺された君原さつきは、シャドーXのことで私に、ぜひ、話したいといっていたんです」

「河野宏という男と一緒に死んだのが、君のいう女かどうか、まだ、わからんのだろう?」

「まず、間違いありません。ですから、ぜひ、シャドーXについて調べさせて頂きたいのです」

と、十津川は、いった。

だが、三上は、あくまで慎重に、

「犯人が、シャドーXだという証拠はあるのかね？」

「証拠はありません。しかし、他に君原さつきを殺す人間は考えられないのです」

「しかしだねえ」

と、三上は、渋面を作って、

「これまで、シャドーXは、ずっと、警察に協力してくれているんだ。壁にぶつかった二つの殺人事件について、われわれを助けてくれたし、起こりそうな殺人事件を予測して、われわれに教えてくれた。そんな人間たちが、殺人を犯すかね？」

と、いう。

「確かに、部長のいわれるように、シャドーXは、三つの事件について、われわれに、協力してくれました。しかし、それは結局、自分たちのつかんだ情報が、的確かどうか、警察を使って、知ろうとしただけだと、私は、思っています。つまり、警察を利用したんです」

「ずいぶん、ひねくれた考え方だねえ。シャドーXの協力がなければ、三つの殺人事件は解決できなかったとは、考えないのかね？」

「考えました」

「じゃあ、シャドーXに対して、感謝の念が、わいてくるんじゃないのかね？」

「私は、感謝の念より、恐怖を覚えます。まだ、たった三つの事件ですが、彼等はこの三つの事件について、警察以上の知識を持っていたのです。関係者のプライバシーを、何故か、連中は、知っていたわけです。それによって、シャドーXは、関係者を支配できるのですよ。今は三つの事件についてだけですが、それが、何千、何万件と増えていった時のことを、私は考えるのです。シャドーXは、その何千、何万人を、秘密を握ることで、支配できるのです。もし、何十万になったら、簡単に革命が起こせますよ。そうならない前に、私は、何とかして、シャドーXの正体を、探り出したいと思うのです」

「漠然とした将来の不安のために、捜査本部を設け、刑事を多数、そのために動かすなんて余裕は、われわれにはないよ」

と、三上は、いった。

「刑事を七人も八人も、シャドーXの捜査に当てて欲しいといっているのではありません。私と、亀井刑事の二人だけでいいのです。とにかく、私としては、今、シャドーXの捜査を始めなければ、将来、恐しいことになると思っているのです」

十津川は頑固に、主張した。

「将来、恐しいというのは、どう恐しいのかね？」

「今も、申しあげたように、ある組織が、人の秘密を握り、それによって、社会を支配するような危険です」

「相変らず、君の話はあいまいで、説得力がないな。警察に協力的な組織を敵に廻すようなことを、なぜするのかね？」

三上の声が、険しくなってくる。十津川は、それに反撥《はんぱつ》して、

「やはり、上からの圧力ですか？　警察のパートナーみたいな組織を、捜査なんかするなという」

「上からの圧力なんかある筈がない」

三上の顔が、赤くなった。

「それなら、部長が、決断して下さい。シャドーXは、間違いなく、二人の人間を殺したんです。君原さつきに、シャドーXの秘密を、私に話されるのを恐れて、車を運転する男もろとも、爆殺してしまったのです。下手をすれば、また誰かが、死にますよ」

と、十津川は、いった。

「明日まで待て」

と、急に、三上が、十津川をさえぎって、いった。

「明日になったら、私に、シャドーXの捜査を許可して下さるんですか？」

「それは、わからん。とにかく明日だ」

と、三上は、いった。

翌日になると、三上は、十津川に向って、

「君と亀井刑事の二人だけに、シャドーXについての捜査を許可することにした」

と、いった。

「ありがとうございます」

「その代り、シャドーXについて、何かわかったら、その都度、報告すること。それは守りたまえ」

と、三上は、いった。

十津川は、すぐ、亀井にその旨を伝えた。

「刑事部長は、なぜ、急に許可したんですかね？」

亀井が、首をかしげた。

十津川は、小さく笑って、

「三上部長に、こんな決断が出来る筈はないよ。上に、相談したんだ。それで多分、私とカメさんの二人だけなら、たいした捜査は出来ないだろうと、思ったんじゃないのかね。だから、許可が出たんだと思っている」

「部長の上の許可ですか？」

「そうだ」

「上というと、総監か、副総監ですか？」

「かも知れないし、政治家が、絡んでいるのかも知れない」

と、十津川はいった。

「それは、シャドーXという組織にも、政治家が、絡んでいるということですね」

「その点はわからないが、シャドーXについての捜査が、一筋縄ではいかないと、覚悟しておいた方がいい」

と、十津川は、いった。

亀井は、ニヤッとして、

「一筋縄でいかない事件は好きですよ」

「私は、そんなカメさんが、大好きだよ」

十津川が、いうと、亀井は、ちょっと照れた顔になって、

「これから、どうします？」

と、きいた。

「シャドーXについて、二つの手掛りがある。一つは、安岡代議士のことだ。彼の死が、シャドーXと関係ありと見ている。もう一つは、君原さつきの線だ。彼女は、シャドーXについて、その秘密を知っていたと思われるんだ」

「警部は、彼女が、絶対音感の持主だといわれてましたね」

「彼女の友人が、いってたんだ」

「そのことと、事件が、関係があるんでしょうか?」

「彼女はテレビ局で楽器の調律をやっていた。それが通信器機の会社に、引き抜かれたと、友人はいっていた。その通信器機の会社というのが、本当は、シャドーXではないのかと、思っているんだよ」

「なるほど」

「シャドーXが、楽器の調律師を、必要としていたとは思えないんだよ」

「私も、それは同感です。シャドーXが、楽器屋とは考えられませんから」

と、亀井は、いった。

「と、すると、シャドーXは、絶対音感の持主の君原さつきを、引き抜いたんだと思う」

と、十津川は、いった。

「私は、絶対音感というのが、よくわからないんですが」

「私だって、詳しいことはわからないが、私の知っている範囲では、鳥の鳴き声でも、人の声でも、ドレミファの音階で、感じ取る人間のことを、絶対音感の持主ということらしい」

「なるほど、全ての音を、音階でわかってしまう人間ですか」

「シャドーXは、組織として、そういうテクニックの持主を必要としていたことになる」

「なぜでしょうか?」

「それを、ずっと考えているんだがね。正直にいって、答は見つかっていない。ただ、シャドーXという組織は、たった一人だけの絶対音感の持主を必要としていたとは考えられないんだよ。シャドーXが、どれだけ大きな組織かは、わからないがね」

「そうですね」

「シャドーXが、何人もの絶対音感の持主を、引き抜いているとすれば、その世界では噂になっていると思うのだ」

「その噂を聞きに行きましょう」

と、亀井はすぐ、応じた。

二人は、絶対音感の持主を、探すことにした。

その結果、ピアノ教師の井川紀子という四十歳の女性にぶつかった。テレビで、絶対音感について話したことがある女性だった。

「その噂は知っていますわ」

と、彼女は、いった。

「絶対音感の持主を、驚くほどの高給で、傭《やと》う会社があるという噂ですわ」

と、紀子はいうのだ。

「あなたも、その会社から声をかけられたんですか？」

十津川が、きいた。

「ええ。でも、私は、子供にピアノを教えるのが好きですから、お断りしました」

「その時、示された条件は、どんなものでした？」

「月給二百万円ということでした」

「二百万とはいい条件ですね」

「ええ」

「何という会社でした？」

「確か、NSSという会社でしたわ」

と、紀子は、いう。

「何の会社ですか？」

「私を、勧誘に来られた人は、通信器機の会社だと、おっしゃっていましたけど」

「そんな会社が、なぜ、絶対音感の持主を高給で採用するんですか？」

「その社員の方の話では、NSSは、近い将来、楽器の製造、販売を始めたいので、今から、絶対音感の持主を、採用することにしているんだと、おっしゃっていましたわ」

「その話を、信用しました？」

「その時は、信用しました。でも、今は半信半疑ですわ」

と、紀子は、いった。

「なぜ、信じられなくなったんですか？」

「その人は、ＮＳＳの本社は、四谷にあるとおっしゃったんですよ。でも、調べてみたら、四谷にはＮＳＳという会社は無いんです」

「奇妙ですね」

「ええ」

と、紀子は、肯いた。

二人は、彼女と別れると、新聞を買い、株式欄を、調べてみた。

通信器機の会社を探したが、ＮＳＳという名前は、見つからなかった。

「どういうことなんですかね？」

と、亀井が首をかしげて、

「ＮＳＳという会社が、何人もの絶対音感の持主を、高給で引き抜いていることは、間違いないと思いますが」

「そのＮＳＳは、株を公開していないということかも知れないな」

「それはおかしいですよ。ＮＳＳなんて官庁はないし、零細企業にもあるとは、警部は、思っていらっしゃらないんでしょう。それなら、当然、株を上場していると思いますが」

と、亀井は、いった。

「大きな出版社で、株を公開していないところもある。一族が、株の大部分を所有しているケースだよ」

「NSSが、それだというわけですか？」

「ではないかと、思っているだけだよ」

十津川が、いった。

「警部は、そのNSSが、シャドーXだと思われますか？」

「それも、ではないかと思うというところで、確信はない」

「では、NSSを探し出そうじゃありませんか」

と、亀井は、いった。

株を上場していない会社である。しかも、かなり大きな組織と、思われるのだ。

だが、NSSという会社は、なかなか見つからなかった。

NSSというのは、全くの架空の名前なのだろうか？

しかし、井川紀子は、NSSの社員に勧誘を受けたといっていた。彼女は、断ったが、何人もの絶対音感の持主を、引き抜いた筈である。NSSが、全くのでたらめの名称だとしたら、そんな真似は出来ないのではないか。

本社が、四谷にあるというのは、嘘だったとしても、NSSは、何処かに実在しているのではないのか。

「一つ考えたことがある」

と、十津川が、いった。

「どんなことですか？」

　亀井が、きく。

「突拍子もない想像なんだがね。ＮＳＳの株の大半を、政府が持っているんじゃないか。政府は、その株を売買しないので、ＮＳＳは株式市場に、上場されない」

　と、十津川はいった。

「じゃあ、政府の機関みたいなものでしょう。しかし、ＮＳＳなんて機関は、聞いたことがありませんよ」

「私だって聞いたことはない。だから、突拍子もない想像だといったんだ」

「しかし、警部は、可能性があると考えておられるんでしょう？」

　と、亀井が、いう。

「自殺した安岡代議士が、関心を持っていたり、三上部長に対して、圧力をかけてきたりしている。それを考えると、ひょっとするとと、思えてくるんだよ」

　十津川は、強い調子で、いった。

「難しいことになりそうですね」

　さすがに、亀井も、青い顔になっている。

「だが、それでも、私は捜査するよ」

「やりましょう」

と、亀井は、いい、

「通信器機の製造というのを、信用されますか？」

「いや、信じない。楽器の製造なんてことは、なおさら信じないよ」

と、十津川は、いった。

「しかし、絶対音感の持主を必要とする仕事というのは、いったい何でしょうか？」

「それが、わかればね」

十津川が、小さく肩をすくめた時、彼の携帯が鳴った。

「もし、もし」

と、呼びかけると、女の声が、

「平山千秋です」

と、いい、

「十津川さんは、ＮＳＳという会社を知ってます？」

と、いきなり、きく。

十津川は一瞬息を呑んでから、

「君は、知ってるのか？」

「ええ」

「何処にある会社かも知ってるのか？」

「明日、JRの三鷹《みたか》駅で、会いましょう」

「三鷹にあるのか？」

「じゃあ、明日、午前十時に」

と、いって、千秋は、電話を切った。

十津川は、亀井と顔を見合せた。平山千秋が、なぜ、NSSという名前を知っているのかわからなかった。

翌日、二人は、取りあえず、三鷹駅で、彼女に会うことにした。

千秋は先に来ていた。

駅前で、タクシーを拾うと、彼女がメモを運転手に示して、

「ここへ行って」

と、いった。

十津川はタクシーが動き出してから、千秋にきいた。

「君が、なぜNSSという名前を知ったのか、それを教えてくれないか」

「私の友だちに、絶対音感の持主がいるの。売れない声楽家で、名前は江端尚子。彼女に会って、絶対音感について聞こうと思ったら、NSSという会社に、驚くような高給で、傭われていたの」

「そのNSSが、この三鷹にあるというのか？」

「ええ。電話でね。彼女は、今、社会のためになる有意義な仕事をしていると、いってたわ」

「その友だちと、話をした？」

「ええ」

「その仕事の内容は？」

「それは、なぜか、話してくれなかった」

「じゃあ、直接会って、聞けばいいじゃないか」

「それが、NSSには、敷地内に社員のマンションがあって、彼女も、そのマンションに入ってしまっているの」

と、千秋は、いった。

十二、三分、タクシーが走って止まった。

畠を潰《つぶ》して、整地した広大な敷地に、三階建のペンタゴンみたいな建物が出来ていた。鉄筋コンクリートで、外壁に窓の無い、奇妙な建物だった。入口で、十津川が、警察手帳を見せると、すぐ、広報担当の三十五、六歳の男が出て来た。

「柏崎進」という名刺を示してから、

「どういうご用件でしょうか？」

と、丁寧な口調で、きいた。

「この会社は何を作っているんですか？」

十津川は、いきなり、そんな聞き方をした。

柏崎という広報係は、苦笑し、

「今、政府はＩＴ国家を叫んでいます。そんな政府の方針を実現するために研究している会社です」

と、いった。

「そのために絶対音感の持主が、なぜ必要なんですか？」

十津川が、きくと、柏崎は、小さく手を振って、

「それは、正確じゃありません。うちの会社は、これからのＩＴ社会が、どうあるべきかの研究をしています。その社会はいたずらな競争社会であってはならない。静かな平和な社会であって欲しいと思うのですよ。そのために、さまざまな才能の持主に結集して貰っているんです。コンピューターの専門家も沢山来てくれていますし、あなたのいう絶対音感の持主も、何人か採用しています。芸術家にも協力して貰っています。われわれが、一番恐れているのは、ＩＴ社会というのが、コンピューターに支配された、無味乾燥な、非人間的な社会になることなんですよ。それは、おわかりになるでしょう？　それを救うのは、芸術です。特に音楽です。だから、絶対音感の持主にも、協力して貰っているわけです」

「このビルの中を、見学させて頂けませんか?」

亀井が、いうと、柏崎は、また、小さく手を振って、

「申しわけありませんが、それは、お断りしています」

「なぜですか?」

「今も申し上げたように、未来社会がテーマなので、実験的な研究が多いのです。当然、特許問題に触れることも多くなるので、研究が、完成するまで、どなたの見学もお断りしているのですよ」

第７章　侵入

夜になって、千秋と連絡がとれなくなった。

「彼女の自宅マンションにかけたが、電話に出ないし、携帯にも出ないんだ」

と、十津川は、亀井に連絡した。

「どうしたんでしょう？」

「ひょっとすると、功を焦って、あのＮＳＳビルに忍び込んだのかも知れない」

と、十津川は、いった。

「無茶ですよ。要塞みたいなビルで、セキュリティも完全でしょうから、女一人で忍び込めるわけがありません」

「だが、彼女が行きそうな場所は考えられないんだ。とにかく、これから、私は三鷹のＮＳＳに行く」

「わかりました。私も行きます」

と、亀井も、いった。

十津川はミニ・クーパーで、NSSに行き、亀井は、タクシーで、やって来た。

すでに、夜の十一時を廻っている。亀井が、タクシーを帰し、二人は、NSSビルと向い合った。

外側に、窓らしいもののないビルは、暗く、眠っているように見える。

しかし、耳をすますと、ビル全体から、かすかなノイズに似た音が聞えてくるのだ。

ぶーんという昆虫の羽音と、いってもいい。

「何の音ですかねぇ」

と、亀井が、いう。

「何かの機械の音だな」

「それにしては、静かですね」

「いつだったか、巨大なコンピュータールームを見に行ったことがあるんだが、そのときの音に似ているよ」

「この中に、千秋が忍び込んだんでしょうか?」

「ああ」

「しかし、何の騒ぎも聞えて来ませんよ」

「ただ、この中に、彼女の知っている声楽家の江端尚子という女がいる。その女が手引きすれば、忍び込めるかも知れない」

と、十津川はいった。

「しかし、入れても、逃げられんでしょう」

と、亀井がいう。

十津川は、じっと建物を睨《にら》んでいたが、

「ちょっと、脅してやろうか」

「どうするんです？」

「一一九番して消防を呼ぶ」

と、十津川はいい、車の中から、非常用の発煙筒を二本取り出した。

「このビルの屋上には何かあるのかな？」

「あったとしても、エアコンの器機ぐらいでしょう」

「それなら、火災になる心配はないな」

十津川は、発煙筒に火をつけると、それを低い屋上に向って、二本続けて、投げあげた。

たちまち、屋上で白煙が広がっていく。

十津川は、携帯で、一一九番した。

たちまち、けたたましいサイレンのひびきがして、消防車が、一台、二台と、駈けつけてくる。

ＮＳＳビルの前は、サイレンと叫び声で、騒然となった。

消防隊員が、閉っているビルの入口を叩《たた》く。

それでも、返事がないと、怒鳴り声をあげた。ビルの扉が開き、ガードマンが飛び出してきて、眼を丸くして消防車を見る。消防隊員が大声で叫ぶ。

「火事だ！　中へ入れてくれ！」

「火災なんか起きてませんよ」

と、ガードマンが、抗議する。

「よく見て下さい。屋上から、煙が出ている」

「おかしいな」

「とにかく、中へ入れてください。屋上へあがって調べる必要がある」

入口で、消防隊員とガードマンが、押し問答を始めた。そうしている間にも、新しく消防車が、次々に到着する。

消防隊員たちは、ホースを伸ばし、五、六人がガードマンを、押しのけるようにしてビルの中に入っていく。

「カメさん。われわれも突入しよう」

十津川は亀井を促して、入口に向って突進した。

ガードマンが立ちふさがる。

それに向って二人は警察手帳を突きつけて、

「警視庁捜査一課だ！　放火の疑いがあるので調べる！」

と、十津川が、怒鳴り、亀井が、近くにあった火災報知器のボタンを押した。

たちまち、廊下に警報がひびきわたった。

それで、ビル全体が騒然となった。

二人は、リノリウムを張った廊下を奥へ向って走り、無作為に、ドアの一つを開けた。

奇妙な部屋だった。

人の気配がない、だだっ広い部屋に、片側には、通信器機が、ずらりと並び、テープが、音もなくゆっくりと、回転していた。その数は、五十台近かった。

その反対側には、テレビ画面が、並んでいて、その数も五十台はあるだろう。

二十五インチの大きさのテレビ画面は、十六分割されて、さまざまな景色が、映し出されていた。五十台のテレビが、全て十六分割の画面に、異った景色を映し出しているのだ。

テレビ画面の前には、一台ずつ、パーソナルコンピューターが置かれ、その画面には、驚くような早さで、アルファベットが、打ち出されていた。そのアルファベットは、暗号のように、意味不明だった。

二人は、隣の部屋も、のぞいてみた。

同じだった。通信器機と、テレビと、ＰＣが、並んでいるだけだった。

二階にあがった。

こちらの部屋には、巨大なコンピューターが、並んでいた。

が、そこには屈強な保安要員らしき男たちがいて、二人の刑事は、たちまち廊下に押し出された。

スピーカーが、がなり立てていた。

〈火災は発生していない！　消防の方々は、すみやかに退去してください！〉

〈不審者が、侵入した模様。保安係は、発見次第、写真に撮り、退去させよ〉

十津川と亀井は、廊下を小走りに進みながら、火災報知器をこわし続けた。その度に、サイレンが鳴りひびく。

廊下に人間が、多くなっていく。

このNSSの社員たちだった。消防隊員や、十津川たちを、ビルの外に押し出そうとする。

彼等の腕をすり抜けるようにして、十津川と亀井は奥へ向って走り、平山千秋を探した。

が、見つからない。火災報知器のサイレンも消え、消防隊員の姿も、見えなくなった。

十津川も、逃げ出すことにした。

ビルの外では、消防隊員が、ぶつぶつ文句をいいながら、消防車に乗り込み、引き揚げを開始していた。

ビルの入口の扉が閉められ、再び、静まり返ってしまった。

「平山千秋は見つかりませんでしたね」

亀井が、いう。

「何とか、見つけたかったんだがな」

十津川が、いい、二人は、車に戻ったが、ドアを開けてから、十津川の眼が光った。

「そこにいるのは誰だ！」

と、リア・シートに向って怒鳴った。

床から、もぞもぞと、人間が、起き上った。

平山千秋だった。泣きべそをかいた表情で、

「よかった。十津川さんの車で」

と、いう。

「あのビルから、逃げ出したのか？」

十津川が、きいた。

「ずっと、トイレにかくれてたんです。逃げられるかどうかわからなかったけど、急に火事さわぎになって、それで、何とか」

「忍び込めたのは、江端尚子という声楽家のおかげか？」

「ええ。携帯にかかって来て、手引きしてくれたの」

「それで、彼女と、話が出来たのか？」

「そんな時間は、なかった。この手帳を渡されただけ」

と、千秋は小さな可愛らしい手帳を十津川に見せた。

開くと、小さな字が、びっしり並んでいた。

○毎日、テープを聞かされている。
テープの中の男女の声は明らかに、電話のやりとりのものだ。どうやら、盗聴か。

私の仕事は、さまざまな男女の声の中から、同じ声を、チェックして、選び出すことだ。
○今日も、またテープを聞かされる。
電話している男女の話の内容は、さまざまだ。政治の話だったり、金の話だったり、セックスのことだったりする。聞くのは、面白いが、同時に恐しい。

私と、同じ仕事をしている人間は、何人もいるらしい。
○今日は、二十本のテープを聞いた。

○今日は、まず最初にNO10586 1という男性の声を、聞かされた。次に何本ものテープを聞き、同じ男の声があったらマークしていくのが仕事だった。どうやら、NO105861という男は、政治家らしいがそれ以上のことは、わからない。

○今日は、NO110822という女の声を、何本ものテープの中から、ピックアップする仕事だ。

そんなに多くの人間が電話を盗聴されているというのは、どう見ても、NSSの仕事に、電話会社が協力しているとしか思えない。

○「日本の安全について」と題された小冊子を渡され、読んでおくようにいわれた。

書かれている要点は、こういうことだ。現在の世界は、全く新しい戦争の脅威にさらされている。それは、テロである。日本も、安全とはいえないというのだ。

手帳の文字はまだ続いていた。

○わが、NSSはそうしたテロから日本を護るために設けられ、活動している。今の時代、隣りの友人が、本当の友人なのか、それとも友人を装ったテロリストなのか知っておく必要がある。そのために、NSSは、活動すると、小冊子にはあった。

○今日、NSS理事長の佐々木氏が来て、全社員に、マイクで、講演した。日本は危機管理というものが、ゼロに近い。世界の中で、テロに対して、最も弱い国家である。わがNSSは、少しでもテロに対して強い国家にするために活動しているのだから、仕事に対して誇りを持って欲しいという趣旨だった。

そのために、盗聴も許されるのか？

○今日聞いたテープの中に驚いたことに、私の友人のS子の声があった。間違いなくS子の声だ。私の耳は確かだ。S子は、画家だ。純粋な精神の持主だ。

そんなS子が、なぜ、盗聴されるのか？

手帳の間には、折りたたまれたタイプ用紙が、一枚、はさまれていた。

広げてみると、アルファベットが、びっしりと、並んでいた。いくら見てもちゃんとした文章になっていない。

「ビルの中で見たPCの画面に並んでいたアルファベットみたいですね。まるで、暗号だ」

と、亀井はいった。

「そうだ。暗号だろう」

と、十津川も、肯《うなず》いた。

「何かわかった？」

千秋が、きく。

「ああ、だいぶ、わかってきたよ」

と、十津川は、いった。

「じゃあ、その手帳は返して下さい」

「どうするんだ？」

「スクープだったら、何処《どこ》かの雑誌に発表するわ」

と、千秋は、いった。

「証拠をつかむまでは慎重にした方がいい。下手をすると、潰《つぶ》されてしまうぞ」

「NSSというのは、そんなに力のある組織なの？」

「あると思った方がいいね」

「シャドーXの正体はあのNSSだと思う？」

「それも、今の段階では可能性が強いが、断定は出来ないな」

と、十津川は、いった。

千秋に用心するようにいってから別れて、十津川たちは捜査本部に戻った。

二人だけの捜査本部である。十津川は、まっ先に、黒板に「NSS」と書きつけた。

「手帳には、佐々木理事長とあったが、あれは、佐々木要のことだと思いますね」

と、亀井が、いった。

「同感だ。公安調査庁にいた佐々木要だよ。その頃、日本の危機管理について、何度も、雑誌に書いている。私も読んだことがある」

「NSSに天下ったわけですね」

「私は、そのことより、NSSが、どんな会社なのか、そのことの方に興味があるね」

と、十津川は、いった。

夜が明けてから、改めて、NSSについて調べようと思ったが、調べるのが難しかった。

株が公開されていないので、会社四季報にものっていないし、公社、公団でもないらしい。

まさか、ある個人が、勝手に作った組織というわけでもないだろう。

ただ、理事長が、佐々木要ということで、NSSの持つ性格といったものは、想像できた。

佐々木が書いたものを集めて、十津川は、眼を通した。

〈日本の危機管理に必要なのは、強力な情報機関である。アメリカのCIAのような組織で、絶えず、内外の情報をつかんでいなければならない〉


と、佐々木は書いている。

十津川が、いうと、亀井は、

「日本のCIAが、あのNSSじゃないのかな」

「日本のCIAですか」

「そうだ。NSSというのは、多分、ニッポン・シークレット・サービスの略だと思う」

「アメリカのCIAは、確か、予算の使い方を、報告しなくて良かったんじゃありませんか」

「NSSは、資本の出所が不明か」

「その上、政府が、強力にバックアップしているのかも知れません。あの手帳には、電話会社が協力しているんじゃないかと書いてありましたが」

「政府というより、佐々木要の持論に、同調する政治家が、沢山いるんだ。あのテロ事件以後、特に勇ましいことを口にする政治家が、多くなっている。自由な国より、安全な国というわけだよ。そのためには、盗聴も許されるというわけだ」

「あのビルにあった厖大《ぼうだい》な通信器機のことを思い出しています。テープが、常に回っていましたが、あれは、電話を盗聴し、録音していたんですかね？」

「そうだろう」

「テレビ画面の方は、何でしょう？　どの画面も、十六分割されていましたが」

「多分、監視カメラの映像だよ」

と、十津川は、いった。

「犯罪が多発する盛り場なんかに、監視カメラがつけられていますが、それと同じですか？」

「もっと、深刻だと思うね」

「と、いいますと？」

「個人の住宅や、会社、ホテルなどに、ＮＳＳが監視カメラを取りつけて、勝手に監視しているんじゃないかと思っている」

「しかしそんなことをすれば、たちまち、批判を浴びてしまうんじゃありませんか？」

「いや、今は、直径わずか1ミリの高感度カメラだって、市販されているんだ。電気工事や、何かの修理に見せかけて、そんなカメラが取り付けられたら、誰にも、わからないよ」

と、十津川は、いった。

「ＮＳＳは、なぜそんなことを計画して、実行しているんでしょうか？」

「全国民を監視するためだと思うよ」

「まさか、全国民を監視なんて出来る筈《はず》はないでしょう」

と、亀井が、首を振った。

「だが、NSSは少しずつでも、やっていくつもりなんだ。あの手帳にあったじゃないか。NOをつけられた人間のことだ」

「あれは、6ケタの数字でしたね」

「これも、私の勝手な想像だがね。NSSは、まず、足もとの東京の制圧から始めたんじゃないのかね。6ケタだから、十何万か、何十万か、千二百万人の東京都民の数から考えれば、わずかだが、NSSは、これは、最初の一歩で、そのうちに日本全国を、監視することを考えていると思う。現在までの盗聴と監視の中で、NSSは、たまたま、われわれ警察の捜査と、ぶつかる人物を発見した。それがあの殺人事件だったんだよ。NSSは、盗聴と監視によって、事件の犯人の予想がついたんだと思う。そこで、自分たちの盗聴と監視の正しさを証明するために、われわれを利用したんだよ」

「シャドーXという名前で、われわれに、容疑者の名前を教え、自分たちの力を証明しようとしたわけですね」

「他に、もう一つの殺人事件も、利用したんだよ」

「予言もして見せましたね」

と、亀井が、いう。

「そうだよ。これも、われわれ警察を利用して、自分たちの力の大きさを実証しようとしたんだ。多分、予告通りに殺人が起きた時、NSSの連中は、自分たちが、あたかも神になったような気分になり、同時に、自分の仕事は、正しいのだという確信を持ったんじゃないのかね」

「困ったものですね。自分の力を過大視すると、碌《ろく》なことはありません」

「どうしたらいいかな？　三上部長に話して見るか。無駄かも知れないが」

と、十津川は、いった。

翌日、二人で、刑事部長室に出向くと、NSSについて説明するより先に、三上が、いきなり、

「何ということをしてくれたんだ！」

と、怒鳴った。

「何でしょうか？」

と、とぼけて、きくと、三上は顔を真っ赤にして、

「NSSという会社の顧問弁護士がやって来て、君たち二人が、NSSに向って、発煙筒を投げつけ、火事でもないのに、消防車を呼びつけ、自らは、NSSのビル内に、制止を振り切って侵入し、火災報知器を鳴らした。こんなことが許されるのかと、いっている」

「われわれ二人が、そんなことをしたという証拠があるんですか？」

「あるから、困ってるんだ」

三上は、机の上の茶封筒を取りあげ、中から、十数枚の写真を、ぶちまけた。

それには、NSSの廊下を走り廻り、火災報知器を、作動させている二人の姿が、鮮明に写っていた。

「これを見せられて、私は、部下の行為を恥じざるを得なかったよ。平謝りした。裁判にでも訴えられたら、下手をすれば、総監の首が、飛んでしまうんだ。君たちに、それが、わかっているのかね？」

「よくわかっています」

「それなら君たち二人は、一ケ月の停職だ」

と、三上は、いった。

「それは、結構ですが、NSSの捜査はどうなります？　シャドーXの調査ですが」

「もちろん、中止だ」

「それなら彼等に、私を告訴させて下さい」

と、十津川は、いった。

「バカなことをいうな！」

三上が、怒鳴る。声をふるわせて、

「NSSが、君たち二人を告訴し、裁判で、この写真を持ち出したら、今もいったように、総監の首が、飛ぶんだぞ」

「ＮＳＳは、告訴しませんよ」

と、十津川は、いった。

「顧問弁護士は、告訴するといっているんだ」

「それは、単なる脅しです」

「この写真があるんだぞ」

「それでも、ＮＳＳは、私たち二人を告訴できません」

「なぜだ？」

「ＮＳＳは、電話を盗聴し、監視カメラを使って個人のプライバシイをのぞき見しているんです。明らかに違法行為をやっているんです。私たちを訴えても、裁判の過程で、そのことが、公けになったら、一番困るのは、ＮＳＳの方です」

「その証拠があるのか？」

「ＮＳＳで働いている江端尚子という女性が、それを、手帳にメモしています」

「私も、この眼で、見ています」

と、亀井も、いった。

「信じられんね。私は、ＮＳＳについて聞いたことがある。信用のおける立派な人だ。その人は、ＮＳＳは、将来の日本にとって、必要欠くべからざる会社だといわれたんだよ」

「どなたですか？」

「以前、防衛庁の長官をやられた神崎さんだ」

「なるほど」

「何が、なるほどだ？」

「最近、神崎さんが書いた本を読みました。日本の危機管理という本です」

「私も、読んだよ。いい本だ。テロの時代に、本当に日本の危機管理の弱さを、心配しておられる」

「神崎さんは、何人かの政治家や、危機管理の専門家と、研究グループを作っておられましたね。あの本の中に、書いてありました。その中に、ＮＳＳの理事長の佐々木要さんもいましたね」

と、十津川は、いった。

「何をいいたいんだ？」

「それなら、神崎さんが、ＮＳＳを立派な会社だといわれるのも、当然だと思いましてね」

「何か、棘《とげ》のあるいい方だな」

「神崎さんは、あの本の中で、危機管理について、いくつかの提言をされていますが、その中で、よく覚えているのは、次の言葉です。テロリストにとって、最良の友は、攻撃する相手の持つ自由だというのです。テロリストは、日本を攻撃しようとすれば、日本の持つ自由を利用できる。日本に自由に出入国できるし、爆弾を持って、自由に新幹線に乗れる、自由に車を買える。つまり、日本の場合、テロに対して、最大の弱点は、日本人が享《きょう》受《じゅ》している自由だというのです」

「一つの真理だよ」

「神崎さんは、結論として、テロリストから、日本を守るためには、自由の制限も止むを得ないと書いています」

「それも、真理だろう」

「かも知れませんが、私が一番気になったのは、それに続く言葉です」

「何と書いてあったかね？」

と、三上が、きいた。

「神崎さんは、こう書いています。しかし、一度、自由を享受した日本国民は、自由が制限されることには反対するだろう。安全が脅かされるまではと」

「そうだった。君だって同感だろう」

「私が、気になったのは、最後の一行なんです。そこには、こうありました。日本国民は、意識として、自由が制限されることのないようにすべきである、とです。私は、この文章を、どう解釈したらいいかわかりませんでした」

「それで？」

「ＮＳＳと、神崎さんの関係を知って、やっと、意味がわかりました。日本中に、盗聴装置が、張りめぐらされ、監視カメラが、作動していれば、危機管理は、万全です。そのことを知らなければ、日本人が、自分の自由が制限されたことにも気付かない」

「君は、神崎さんや、佐々木さんを悪人みたいにいうが、お二人は、真に、日本という国をテロリストから守ろうと考えている愛国者なんだ。私利私欲なんか、全く持っておられない」

三上は、十津川を叱りつけるように見た。

「確かに、お二人とも、私心はないと思います。だから、かえって、困るんです」

と、十津川は、いった。

「どう困るんだ？」

「自分たちの考えや、行動を正しいと思い込み、疑いを持たないからです」

「私は、君や、亀井刑事の行動に、困惑しているよ。とにかく、君たち二人は、一ケ月の停職だ。ＮＳＳに対する捜査は、禁止する」

と、三上は、いった。

「わかりました」

と、十津川と亀井は、刑事部長室を出た。

「どうされますか？」

廊下を歩きながら、亀井が、きいた。

「刑事としては、部長の命令に従うが、私個人としては、NSSを、このまま見過ごしておくことは、出来ない」

と、十津川は、いった。

部屋に戻ると、西本刑事が、

「これが、受付に届けられていたそうです」

と、封筒を十津川に渡した。


〈警視庁捜査一課御中〉


と、表に書かれていた。

差出人の名前はない。

「七、八歳の子供が、届けたそうで、その子は、お駄賃を貰って、中年の男に、届けてくれと頼まれたといっているようです」

と、西本は、いった。

十津川が、封を切り、中身を取り出した。

〈われわれは予告する。

NO87762は、一週間以内に死亡するだろう。

シャドーX〉

便箋《びんせん》一枚に、それだけの文字が、書かれていた。

「また、シャドーXですか」

と、亀井が、のぞき込んだ。

「前は、警察のホームページへ、メールを送って来たが、今度はオーソドックスに、手紙で送って来た」

「このNO87762というのは、何のことでしょうか？」

と、西本が、首をかしげた。

十津川は、小さく笑って、亀井に、

「カメさんなら、想像がつくだろう？」

「多分、このナンバーは、連中が、警部につけたナンバーだと思います」

と、亀井は、いった。

西本や日下たちの表情が、変った。

「じゃあ、シャドーXは、警部の死を予告して来たというんですか？」

「そうだ」

と、十津川は、肯いた。

「多分、私にも、ナンバーが、つけられていると思いますね」

と、亀井が、いった。

「しかし、誰が、何のために警部を殺す、というんですか?」

日下が、きいた。

「これは前の予告とは違うんだ。これは連中の宣戦布告なんだよ」

と、十津川は、いった。

「シャドーXの宣戦布告ですか?」

「シャドーXといってもいいし、NSSと、いってもいい」

十津川が、いうと、西本が眼を吊り上げて、

「それなら、われわれで、受けて立とうじゃありませんか。そんな奴らは、われわれが叩き潰してやりますよ。警部には、指一本触れさせるものじゃありません!」

と、声をあげた。

三田村や、北条早苗刑事たちも、集って来た。

十津川は、そんな刑事たちに向って、

「まず、君たちに、敵が、どんなものか、話しておきたい。シャドーXの正体が、どうや

らＮＳＳという企業体だとわかった。現在、三鷹に、巨大なビルを持っているが、私の予想では、この企業体は、今後、限りなく増殖して日本中に支社を持つことになる筈だ。そのネットワークが、日本国中を蔽《おお》ってしまったら、もうどうすることも出来なくなる」

「それなら、今のうちに、叩き潰しましょう」

と、三田村が、いった。

「それが、簡単には出来ないんだよ。ＮＳＳの理事長は、元公安調査庁の佐々木要さんで、多くの政治家がＮＳＳをサポートしているからだ。これからの日本に必要な会社としてだよ」

十津川が、いった。

「しかし、仕事の内容は、盗聴と監視なんでしょう。国民の敵じゃありませんか」

と、西本が、いった。

「そうだが、それを立証するのが難しいんだ」

「捜査令状を取って、ＮＳＳの社内を徹底的に調べたらどうでしょうか？　そうすれば、証拠がつかめると思いますが」

と、早苗が、いった。

「令状は出ないだろうし、三上部長から、ＮＳＳにタッチするなと命令されているんだ」

「火事さわぎを起こして、それに乗じて、ＮＳＳに突入して調べるというのは、どうでしょうか？」

田中刑事がいうと、亀井が、苦笑して、

「もう、その手は、使えないよ」

「もう一つ、話しておきたいことがある」

と、十津川が、刑事たちにいった。

「NO87762という私につけられたナンバーだがね。NSSは、現在6ケタのナンバーを、東京都民につけている。となると、5ケタの私は、かなり前から、盗聴と、監視を受けていたことになる。そう考えると、私の家の電話と、私の携帯は常に盗聴されているとみなければならない。それから、私の自宅の何処かに、超小型の監視カメラが、取りつけられていると思っている」

「まさか、この部屋の電話まで、盗聴されているなんてことはないでしょうね？」

日下が、青い顔で、いった。

「ここの電話工事をやったところが、NSSのシンパだったら、盗聴装置をつけることだって、やりかねないよ」

と、亀井が、いった。

「すぐ、調べてみます」

と、三田村が、飛び出して行った。

「NSSは、何処まで私のことを調べたのかな？」

十津川は、呟《つぶ》やいた。

亀井が、それを聞いて、

「NSSには、NO87762というカードが、もう出来ていて、そのカードには警部のあらゆるデータが、インプットされていると思いますよ」

「そして、盗聴と監視によって、そのデータは、どんどん、増えていっているわけか」

「そう思います。もちろん、私のカードも出来ていると思いますね」

と、亀井は、いった。

「そんなことを考えるとうす気味の悪い相手だな」

と、十津川は、いった。

十津川にしては、珍しいことだった。別に相手が怖いわけではなかったが、かなり前から、自分のことが、一つの組織によって、調べられていたというのは、気味のいいものではなかった。

十津川は、科研へ行き、電話が、盗聴されているかどうか、調べる機械を借りて、まず、自宅の電話を調べてみることにした。

亀井が、ついて来た。

「こうなったら、警部をひとりにしてはおけません」

行く。

と、いう。

二人で、十津川の自宅に戻り、玄関から、奥へ向って、借りて来た機械を使って調べて

妻の直子が驚いて、

「何が、始まるんです?」

「私の家の電話が、盗聴されているらしいんだ」

十津川が、真剣な表情で、いった。

「刑事の電話まで盗聴される世の中になったんですか」

直子が、眉《まゆ》をひそめて、いった。

機械が、反応して、けたたましく鳴りひびいた。が、盗聴器の取りつけられている場所は、なかなか、わからなかった。それだけ、巧妙に、盗聴が行われているということなのだろう。だが、直子は、覚えがないと、いった。

第8章　見えざる敵

しかし、いくら探しても、家の中に電話の盗聴器は発見できなかった。

電話会社のプロが、仕掛けたのだとすれば、十津川たちが血眼になって探しても、見つからなくても仕方がないのかも知れない。

「次は監視カメラだな」

と、十津川はいった。

直子が、青ざめた顔で、

「この家の中に監視カメラまでついているの？」

「可能性だよ。最近、変ったことはなかった？」

「そうね。この辺りにやたらと空巣の被害があったの。それで、みなさんで話し合って、警備会社と、契約することになったわ。私も、あなたが事件になると、捜査本部に籠《こも》り切りになるから、契約したんだけど」

と、直子は、いう。

「それで、何か、監視装置みたいなものをつけたのか？」

「家の入口と勝手口に警報装置をつけて貰ったわ。赤外線の装置。みなさんが、つけたから」

と、直子が、いった。

「よくあるやつだ」

「あれは、監視カメラじゃないでしょう？」

「違う。赤外線ビームを発射して人間がそれをさえぎると警報が鳴る装置だ」

「寝る前や留守にする時はスイッチを入れて下さいと、いわれているの」

「それを取りつけた会社は？」

「SHという警備保障会社だけど」

と、直子はいい、名刺を出してきた。

十津川は、そこに電話をかけてみた。長田という名刺の男が電話に出て、

「確かに、あの地区の皆さんにうちのお客様になって頂きましたが」

と、いう。

「取りつけたのは、赤外線監視装置ですね」

「はい」

「取りつけたのはいつです？」

「今年の二月二十五日です」

「一日で、作業はすみました？」

「一軒一日で、すませました。簡単な装置ですから」

と、相手が、いった。

十津川は送話口をおさえて、直子に、

「作業は、一日だけだった？」

「いいえ、作業の方は三日間、続けて、いらっしゃったわ。だから大変な仕事だなと思って」

と、直子はいった。

「何かありました？」

と、相手が心配そうに、きく。

「いや、ありがとう」

と、いって、十津川は電話を切った。

警備会社が、嘘をついているとは思えなかった。と、すると、三日間のうち、二日はニセモノだったことになる。

「ちょっと、外に出よう」

と、十津川は、いい、直子と亀井を連れて、外にとめたパトカーに入った。

「監視カメラはついているな」

と、十津川はいった。

「でも家の中に監視カメラなんか、ついてないわよ。銀行やコンビニにあるカメラでしょう？」

「あんなものじゃない」

「違うの？」

「銀行やコンビニの監視カメラは、むしろ、そこにカメラがあると知らせて、犯罪を予防するのが目的だ。だから、あることがわかるようになっている」

と、十津川は、いった。

「直径一ミリか二ミリという極小カメラだから、簡単には、見つからないと思います」

と、亀井が、いった。

「そんな小さなカメラがあるの？」

「それも、わからないように仕掛けてある筈だ」

十津川が、顔をしかめて、いった。

「刑事が、監視されるなんて、何て世の中なの！」

と、直子が、いった。

「私が、刑事だから、やられたのかも知れん」

「いくらかかってもいいから、あの家を徹底的に調べて、改造してやるわ」

と、直子がいうので、十津川は、

「それもいいが、今夜から、ホテルに泊った方が、安全だ」

と、十津川は、いった。

このあと、パトカーで、十津川は、直子を、四谷のホテルに送った。

「ＮＳＳでしょうか？」

と、亀井が、警視庁に戻る途中で、いった。

「他に考えようがないな」

「どんな連中、どんな組織なんですかね。やたらに、秘密主義で」

「最先端の技術を持っている」

「盗聴と監視のでしょう」

「それに、困ったことに、日本の安全をになうのは、自分たちだという使命感に燃えている集団だ」

と、十津川は、いった。

「これから、どうしますか？　警部を殺そうとしているんですから、令状をとって、ＮＳＳを、家宅捜査できるんじゃありませんか？」

と、亀井が、いった。

十津川は、首を振って、

「駄目だよ。シャドーXが、NSSだという証拠はないし、NO87762が死ぬといっているんで、私の名前を書いて来たわけでもない」

「じゃあ、三鷹のNSSに正面から、ぶつかってみますか？」

「それも駄目だな。私もカメさんも要注意人物だから、拒否されて、それで、終りだ」

「しかし、このまま、向うが、警部を殺しにくるのを待つのも、芸がありませんよ」

「NSSの理事長は、佐々木要だったな」

「そうです」

「直接、会いに行ってやろう」

「しかし、三鷹のあの会社を訪ねて行っても、拒否されますよ」

「だから、自宅を急襲する」

と、十津川は、いった。

調べると、佐々木の自宅は、新宿の超高層マンションになっていた。

その夜おそく、二人は、そのマンションを訪ねた。もちろん、アポはとっていない。

入口は、セーフガードがついている。

十津川は、管理人室を呼び出し、監視カメラに向って、警察手帳を見せた。

それで、玄関の扉が開いた。

管理人が、十津川たちを迎えた。

二人は、改めて、相手に、警察手帳を見せてから、

「佐々木要さんの部屋は、３２０６号室だったね？」

と、十津川が、きいた。

「そうですが」

「今、いらっしゃるかな？」

「はい。おいでです」

管理人は、壁の表示板を見て、いった。

「良かった」

「佐々木さんに、電話しましょうか？」

「いや。内密の相談があるといわれているんだよ。他人に知られてはまずいことらしい」

と、十津川は、いった。

「では、一番右のエレベーターを、お使い下さい。三十階までノンストップですから」

と、管理人は、いった。

エレベーターに向って歩きながら、亀井が、

「あの管理人は、まだ、ＮＳＳより、警察を信用してくれているようですね」

と、笑った。

エレベーターに乗って、32のボタンを押してから、十津川は、エレベーターの中を見廻した。

普通の監視カメラがついている。が、このマンションは、NSS理事長が、住んでいるのだ。他に特別の監視カメラが、ついているかも知れなかった。

だから、三十二階まで、エレベーターの中で、二人は、無言で通した。

三十二階に着き、二人は、3206号室で、インターホンを鳴らした。インターホンには、カメラもついている。

「誰だ?」

と、男の声が、いった。

「警視庁捜査一課の十津川といいます。佐々木さんに、ぜひお会いしたいと思いまして」

十津川は、カメラに向って、警察手帳を見せた。

「私の方に、用はない」

と、相手は、いった。

「どうしても、お会いしたい」

「駄目だ。それとも、令状でも持っているのかね?」

「持っていませんが、この部屋の前に、火災報知器がありますね。あれを鳴らすと、どうなるんでしょう?」

「君が全てを失うことになるだけだ」

「私は、あなたが、錯乱して、火災報知器を押したと証言します」

「私も、証言します」

と、亀井が、傍《かたわら》から、いった。

「何をバカなことを、いってるんだね？」

「私としては、あなたを、法廷に出せばいいんですよ。法廷で、ＮＳＳについて、質問したい」

と、十津川は、いった。

「わかった。会うが、五分待ちたまえ。寝巻なので、着がえる」

と、相手は、いった。

正確に、五分待たされてから、ドアが、開いた。

十津川は、写真で、佐々木の顔は知っていたが、直接会うのは、初めてだった。

意外に、おだやかな表情で、

「まあ、座りたまえ」

と、二人に、椅子を、すすめた。

「それで、何の話なのかね？」

「ＮＳＳについて、お聞きしたい」

「立派な会社だよ」

「日本の安全に必要な会社ですか？」

「その通りだ」

「株を公開していませんね」

「それは、利益を追求していない会社だからだよ。志を同じくする会社が、いくつか集って、作られた会社でね。その人たちに乞われて、私も、理事長になった」

「つまり、他所者《よそもの》が、入るのを拒否するために、株を公開しないということでしょう？」

「その必要がないからと、いっておこう」

と、佐々木は、いった。

「参加している会社の名前を、教えて頂けませんか」

十津川がいうと、佐々木は、意外に、あっさりと、一つのパンフレットを見せてくれた。

それには、NSSの五人の理事の名前と、参加している会社名が、書かれていた。

「その通り、オープンな組織だよ」

と、佐々木は、いった。

「通信関係の会社が、多いんですね。電話会社も、協力している」

「これからは、ITの時代だからね。政府も、IT国家を目指すと、いっている」

「NSSが、目指すのは、全国民の個人情報の管理じゃありませんか？」

「別に悪いことじゃないだろう？」

「しかし、一つの会社が、それを管理するというのは、どうなんですか？」

「それは、解釈の仕方によるだろう」

と、佐々木は、いった。

「盗聴をしていますね？」

「そんなことはしていない」

「理事は、元公安関係や、警察関係者が多いですね」

「自然に、そうなったんだ。通信の専門家もいるよ」

「三鷹の本社を、公開するお気持は、ないんですか？」

「今のところ、その気はないね。妙な刑事が、侵入して来たりするので、警備は、厳重にしているよ」

と、佐々木は、皮肉を、いった。

「NSSでは、人間に、ナンバーをつけて監視しているんですか？」

と、十津川は、きいた。

「何のことだね？」

「どこかの組織が、私に、87762というナンバーをつけたんですが、NSSじゃありませんか？」

「知らんね。将来は、全国民背番号制になるとは、思っているがね」

と、佐々木は、いった。

「一つだけ、お断りしておきたいんですが」

と、十津川は、いった。

「何だね？」

「必ず、ＮＳＳの本当の姿を、白日の下にさらしてやります。それは、約束しておきますよ」

「何をつまらんことを、いってるんだ。帰りたまえ」

と、佐々木は、腰を上げた。

二人は、エレベーターで、下におり、外に出た。

とめておいたパトカーに乗ろうとして、十津川は、急に、

「ちょっと待て」

と、亀井に、いった。

「どうされたんですか？」

亀井が、きいた。

「私たちは、部屋の前で、五分間待たされた」

「ええ。寝巻姿なので、着がえるまで待てといったんです」

「しかし、佐々木は、パジャマの上に、ガウンを羽おっただけだった。あれなら、一分もかからん」

「では、われわれを待たせている間に、何処かに、電話したということですか？」

「NSSに電話したことは、十分に考えられるよ」

と、十津川は、いった。

「じゃあ、このパトカーに、時限爆弾でも仕掛けたんでしょうか？」

亀井は、じっと、自分たちの乗って来たパトカーを、見つめた。

「時限爆弾は、なくても、盗聴装置くらい取りつけることは出来た筈だ」

と、十津川は、いった。

「では、どうします？」

「今夜は、タクシーで帰り、あとで、車を調べて貰おう」

と、十津川は、いった。

その結果は、翌日の午後になって、十津川に、知らされた。

科研の職員が、十津川に会いに来た。

「車は、運んでおきました」

「それで時限爆弾は？」

と、十津川は、きいた。

「ありませんし、盗聴装置も見つかりませんでした」

「何もなしですか？」

「いえ。ブレーキ系統に、細工してありました」

と、いわれた。

「ブレーキにですか」

「それも、非常に巧妙で、細工したのか、ただの故障かわかりませんね」

「あの車は、一週間前に、オーバーホールしたんだから、細工されたに決っていますよ」

と、十津川は、いった。

「そうですか。とにかく、気をつけて下さい」

と、科研の職員は、いった。

十津川は、そのあと、亀井に、

「これで、正式に、宣戦布告されたようなものだな」

と、いった。

その顔が、少し、白くなっていた。

二人は、平山千秋に会った。

「君の友人の江端尚子さんから、その後、連絡はないか？」

十津川が、きくと、千秋は、

「私には、ないけど、お母さんのところには、電話があったそうよ」

「どんな電話だ？」

「なんでも、来月になったら、名古屋か大阪に移ることになったと、伝えてきたみたい」

「それだけか？」

「ええ。私が、彼女の携帯に、何度もかけてみたんだけど、通じなかった」

と、千秋は、いった。

「名古屋か、大阪というのは、どういうことでしょう？」

亀井が、十津川に、きいた。

「NSSの支社が、名古屋と大阪に出来るということかも知れないな」

と、十津川は、いった。

「全国制覇に向けて、動き出したということでしょうか」

「そんな真似は、絶対にさせないよ」

「江端尚子は、現在、あの建物の中にいる筈だったね？」

亀井が、千秋に、確認した。

「ええ。あの中に、宿舎施設があって、その中で、生活しているみたい。他にも、何人か、同じ絶対音感の持主が、泊り込んでいると、いっていたけど」

「連中は、その人たちを、本当には、信用してないから、その建物の中に、囲っておいているんだろう」

と、十津川が、いった。

「君原さつきのことがあるので、用心しているんでしょうね」

「江端尚子を連れ出して、証言させられたら、少しは、NSSに対する警戒心を呼び起こせるんだがね」

「彼女の手帳を、私は持ってるけど、あれだけじゃ駄目なの？」

と、千秋が、きく。

「私たちなら、あれで、わかるが、一般の人は、絵空事としか思わないかも知れない。だから、本人が出て来て、生々しく、語って貰いたいんだよ」

と、十津川は、いった。

「じゃあ、どうして、彼女を連れ出すの？　また、あの建物の中に、火事さわぎを起こして、侵入する？」

千秋が、いった。十津川は苦笑して、

「二度と、あんな手は、使えないよ」

「刑事さんを、総動員して、あの建物を家宅捜索できないの？」

「それが出来れば、とっくにやっている。うちの上の方は、NSSを、立派な組織と信じているから、NSSの家宅捜索なんか、出来ない相談なんだ。それに、あそこの理事長の佐々木要は、元公安調査庁のお偉方だし、理事にも、警察庁の元幹部や、県警本部長だった人が、名をつらねている」

「ふーん」

と、千秋が、鼻を鳴らした。

「それに、NSSの捜査で動けるのは、今のところ、私と亀井刑事の二人だけだ」

「私もいるわよ」

「それでも、三人だよ」

「西本や日下たちは、表立っては動けませんが、話せば、協力してくれると思います」

亀井が、刑事の名前をあげた。

その人数は、六人。

「江端尚子は、名古屋か、大阪へ移動するという」

十津川が、考えながら、呟やいた。

「向うへ行ってしまうと、探すのは、今より大変かも知れませんよ。連中は、彼女を、隠すでしょうからね」

と、亀井が、いう。

「移動の途中で、彼女を攫《さら》うか」

十津川がいった。

「誘拐するの？」

千秋の眼が、光った。

「いいですよ。私は、賛成です」

と、亀井が、肯いた。

「君原さつきは、新幹線で、浜松へ移動した。江端尚子の場合、連中は、どうやって、彼女を、名古屋か大阪へ連れて行くかな？　新幹線を使うか、それとも、車に乗せて、東名を走るか」

「その前に、NSSの建物を監視しておく必要がありますね。連中が、いつ、江端尚子を、移動させるかわかりませんから」

と、亀井は、いった。

十津川は、西本たち六人の刑事に話をした。

「三上部長や、本多一課長には、内密に頼みたい。ただ、交代で、三鷹のNSSの建物を、見張って貰えばいいんだ。そして、江端尚子という女が、連れ出されたら、すぐ、私か、カメさんに連絡して欲しい」

と、いい、十津川は、千秋から聞いた尚子の顔立ちや、背恰好を、説明した。

「警部は、彼女が、いつまでに、移動すると、お考えですか？」

と、西本が、きいた。

「一週間以内と、考えている」

と、十津川は、いった。

シャドーXは、NO8776２が、一週間以内に死ぬと、予告してきている。

このナンバーは、NSSが、十津川に付けた番号だと、考えていた。

だから、連中は、ばくぜんと、「一週間」という期限を切ったとは考えにくかった。

何か意味がある筈なのだ。とすれば、連中は、一週間以内に、名古屋か、大阪に、必要な人間を移動させる計画を立てているのではないか。

その場合、その計画を邪魔するだろう十津川を、消してしまおうと考えていても、不思議はない。

三上刑事部長と本多捜査一課長には、内密で、西本や日下たちが、NSSを、監視してくれることになった。

十津川と、亀井は、警視庁に泊り込んで、その報告を待つことにした。

動きがない。

NSSは静まり返っているし、十津川が狙われることもなく、時間が、経過していった。

三日目だった。

夜の九時頃、平山千秋が、十津川の携帯にかけてきた。

「すぐ来て！」

と、悲鳴に近い声をあげる。

「どうしたんだ？」

十津川が、きく。

「怪しい男が、私の部屋を見張ってるんです。三人か四人。何をされるのかわからない。部屋を出られないの」

「わかった。すぐ行く」

と、十津川が、いうと、亀井が、

「私が迎えに行きますよ。警部は、ここにいて下さい。いつ、西本たちから連絡が入るか、わかりませんから」

と、強い声で、いった。

「大丈夫か？」

「私は、大丈夫です。狙われているのは、私でなく、警部ですしね」

と、亀井は、笑った。

亀井は、すぐ、パトカーを、千秋のマンションに向って、飛ばした。

甲州街道沿いの中古のマンションの五階が、千秋の部屋だった。

「今、彼女のマンションに着きました」

と、亀井は、携帯で、十津川に報告した。

「近くに、不審な車は、とまっているか？」

と、十津川が、きく。

「今、私の見る限り、それらしい車は、見当りません。これから、彼女を連れて戻ります」

と、亀井は、いった。

亀井は、エレベーターで、五階まであがった。

途中で、内ポケットの拳銃に触って、確認した。万一に備えて、拳銃を携帯してきたのだ。

千秋の部屋をノックして、インターホンで、名前をいう。

彼女が、青い顔で、亀井を、部屋に入れた。

「さっきから、やたらに、インターホンを鳴らす奴がいるの。どなたと聞いても返事をしない――」

「不審な男がいたといってたけど？」

と、亀井が、きいた。

「窓の下にいたの」

千秋は、窓の傍に行き、カーテンの隙間から、下の道路を見下した。

亀井も、傍に来て、一緒に、道路を見て、

「あれは私の乗って来たパトカーだ」

「じゃあ、パトカーが来たんで、逃げたんだわ。あの電柱の傍にずっと黒っぽい車がとまっていて、男が三人乗っていて、交代で、私の部屋を、見上げていたのよ」

「どんな男たちだった？」

「よくわからないけど、若い男だった。車は、トヨタのマークⅡかな」

「ナンバーは？」

「一所懸命、見ようとしたんだけど、うす暗かったし、ナンバープレートが、明るくないの」

「隠していたんだ。とにかく、これから、警視庁へ連れて行く」

と、亀井は、いった。

「そんなことをして、構わないの？」

「民間人を守るのも、警察の仕事だからね」

亀井は、微笑して、いった。

千秋に、身の廻りの品を、ボストンバッグに詰めさせ、ハンドバッグと二つ持って、部屋を出た。

廊下を走るようにして、エレベーターに乗り込む。

ドアが閉まり、亀井は、一階のボタンを押した。

が、エレベーターが、動かない。

亀井は、舌打ちして、二度、三度と、一階のボタンを押したが、エレベーターは動かなかった。

今度は、「開」のボタンを押した。

が、今度は、エレベーターのドアが、開かなかった。

「どうしたの?」

千秋が、きく。

亀井の顔色が、変った。

「くそ!」

と、叫び、両手で、ドアを開けようとするが、びくともしない。

非常ボタンを押した。が、反応がない。

亀井は、内ポケットから、拳銃を取り出した。

「何をするの!」

と、千秋が、悲鳴をあげた。

「屈《かが》んで、顔を伏せろ!」

と、亀井が怒鳴った。

千秋が、屈み込むと、亀井は、エレベーターの操作部分に銃口を向け、引金を引いた。

操作部分が、はじけ飛ぶ。

もう一発射つ。

「開けて見ろ！」

と、亀井が、また叫んだ。

千秋が、ドアにしがみつく。

だが、なかなか、開かない。

「畜生！」

と、亀井が、もう一発、射った。

やっと、小さな隙間が、生れた。

「先に、逃げろ！」

と、亀井が、叫んだ。

千秋が、身体をくねらせるようにして、小さな隙間から、エレベーターの外に抜け出た。

亀井が、続いて、脱出しようとした時だった。

彼の背後で、閃光《せんこう》と爆発が、同時に起きた。

猛烈な爆風が、亀井に襲いかかる。

エレベーターのドアは、吹き飛ばされ、亀井の身体は、床に叩きつけられ、気を失った。

五階建の中古マンション自体も、ゆれた。

住人が、驚いて、廊下に、飛び出してくる。彼らに向って、千秋が、叫ぶ。

「誰か、救急車を呼んで！」

その彼女の顔に、血が流れていた。

救急車がやって来て、意識のない、血だらけの亀井を乗せて、走った。

千秋も、その車に同乗した。

救急病院に着くと、亀井は、すぐ、手術室に運ばれた。

看護婦が、千秋の手当をしようとすると、

「私は、大丈夫。それより電話を貸して！」

と、叫んだ。

彼女の携帯は、マンションの事件で、こわれてしまったのだ。

病院の電話を借りて、千秋は、十津川の携帯にかけた。

「亀井さんが、大変なの！」

「何があったんだ？」

「マンションのエレベーターが、爆発して、亀井さんが、意識を失ってしまって――」

喋《しゃべ》っている中《うち》に、千秋は、涙が、あふれてきた。

声が、かすれる。

「今、何処だ！」

十津川の声が、大きくなる。

「M病院。救急車で運ばれて、亀井さんは、今、手術室」

「助かるのか？」

「わからない」

「はっきりしろ！」

と、十津川が、怒鳴る。

「私にもわからないわよ！」

千秋も、怒鳴るようないい方になった。

「すぐ行く！」

と、十津川が、いった。

十津川は若い田中刑事とともに、パトカーを飛ばして、病院に、駈《か》けつけてきた。

迎える千秋に向って、十津川は、

「カメさんは、助かるのか！」

「わからない。お医者さんに聞いて」

「君は、大丈夫か？」

「私は、何でもないわ」

「手当てをして貰え。顔が血だらけだぞ」

と、十津川は、いった。

次に看護婦をつかまえて、亀井のことを、きく。

「今、手術中です」

と、いわれる。

「助かるんですか？」

「それは、私にはわかりません」

と、看護婦は、いった。その時、十津川の携帯が鳴った。

「西本です。今、NSSの建物から車が、出て来ました」

と、西本刑事が、いった。

「怪しいです。窓に黒いフィルムが貼ってあって、中が見えません。運転しているのは、若い男です」

「――――」

十津川は、迷った。亀井をどうしたらいいのか。

「とりあえず、私と日下刑事で、追跡しますが、警部もすぐ来て下さい」

と西本は、電話を切った。

顔の手当をして貰った千秋が、近寄って来て、

「何か連絡があったんですか？」

と、十津川にきいた。

「NSSから、車が一台出発した。それに、江端尚子が、乗っている可能性がある」

十津川が、いうと、千秋はすぐ、

「行って下さい」

と、いった。

「しかし、亀井刑事が、心配だ」

「亀井さんは、私が見ています。彼の様子は、何かあったら、すぐ、十津川さんに電話で知らせます。何としてでも、江端尚子を連れ出したいんでしょう？　それなら、すぐ行って下さい」

と、千秋は繰り返した。

十津川は、決心して、あとを千秋に頼んで、病院を出た。

パトカーの助手席に乗り込む。

車の無線で、西本たちを呼び出した。

「十津川だ。今、何処にいる？」

「相手の車は、今、神奈川県に入りました。多分、川崎あたりで、東名に入るんだと思います」

と、西本が、いった。

「わかった。私は、これから、東名の入口に向う」

十津川はいい、田中刑事が、アクセルを踏み込んだ。

夜の東京を、走らせる。西本と日下のパトカーから、次々に、無線電話が、入ってくる。

「予想どおり、東名川崎から、向うの車が、東名に入ろうとしています」

と、西本がいった。

十津川は、赤色ランプを点灯し、パトカーのスピードをあげさせた。

東名の入口に着く。

東名に入る。

「相手は、東名川崎から、下り車線に入って、西に向っています」

「相手のナンバーはわかるか？」

「白のライトバンで、ナンバーは、品川×××です」

「わかった。君たちは、明日の捜査があるんだろう。もう帰ってくれていいぞ」

と、十津川はいい、更にスピードをあげて行った。

「ここまで来たら、引き返せません」

と、今度は、日下刑事が、いった。

「一課長と、刑事部長に睨まれるぞ」

「構いませんよ。間もなく、港北パーキングエリアです」

日下が、大きな声を出した。

十津川は、もう帰れとはいわないことにした。

少しずつ、追いついてくる。

彼の車も、港北パーキングエリアを通過した。赤色ランプを消した。

「町田を通過」

と、西本が、いう。

「車の中に、江端尚子がいるか、どうか確認したいな」

「どこかのサービスエリアで、休んでくれるといいんですが」

と、日下が、いった。

第9章　逃げる

「海老名サービスエリア通過」

西本が、知らせてくる。

向うの車は、目的地の名古屋か大阪まで、停車しないつもりなのか。

「もし、江端尚子が乗っているのなら、トイレに行きたいと、いってくれると、有難いですがね」

と、若い田中刑事が、十津川に、いった。

ふいに、西本が、

「ちょっと、危なくなりました」

と、いってきた。

「どうしたんだ？」

十津川が、きく。

「はさまれました」

「どういうことだ？」

「白のライトバンばかり、見ていたんですが、うしろに、大型トラックに食いつかれました」

「気のせいじゃないのか？」

「今の時間、トラックは、みんな飛ばしています。われわれの背後にくっついたトラックだけは、こちらに合わせて、追い越して行かないのです。明らかに、こちらの車に、くっついています」

「そのトラックのナンバーは、わかるか？」

「よく見えません。十一トントラックで、こちらが、急加速すると、向うも、同じように急加速して来ますから、荷物はカラではないかと思います」

「なるべく早く、追いつく」

と、十津川は、いった。

「間もなく、大井松田インターです」

西本がいってくる。続いて、

「ライトバンが、パーキングエリアに入る模様。こちらも入ります」

「背後《うしろ》のトラックに気をつけろ！」

と、十津川が、叫んだ時だった。

「あッ！」

という西本の叫びと共に、無線電話が、切れてしまった。

「おい！　どうしたんだ！」

と、十津川が、叫んだが、返事はない。

十津川は、禁じていた赤色灯にスイッチを入れた。

けたたましくサイレンが鳴りひびき、十津川たちのパトカーは、スピードをあげて行った。

一〇〇、一二〇、一五〇、と、加速する。

ふいに、前方に、非常灯が大きくゆれているのが見えた。

車が全く停車している。

下り車線が、封鎖されている。

ハイウェイパトロールが道路に立ちふさがっている。

田中は、サイレンを鳴らしたまま、彼等の傍まで乗りつけ、十津川が助手席の窓を開けて警察手帳を見せた。

「どうしたんです？」

「この先で、自動車事故です」

「それで、けが人は？」

「車に乗っていた二人は、今、救急車で、運ばれました」

「大丈夫なんですか？」

「詳しいことは分かりません」

「私の部下です。この封鎖線の中に入らせて下さい。部下たちは、殺人犯を追っていたんです」

と、十津川は、いった。

ロープが外され、十津川のパトカーは、ゆっくりと走り出した。

しばらく進むと、外壁に激突している車が見えた。

明らかに、西本と日下の乗っていた覆面パトカーだった。

後部が、潰《つぶ》れているところを見ると、問題の十一トントラックに激しく追突され、側壁まで、はじき飛ばされたのだろう。

十津川は、他のパトカーの連中を無線で呼び出した。

「三田村です」

と、いう応答があった。

海老名サービスエリアを通過したところだという。

「大井松田インター近くで、西本たちの車が、やられた。西本と日下は、近くの病院へ運ばれた。君たちは二人を看てくれ。私と田中は引き続いて、ＮＳＳのライトバンを追う」

と、十津川は告げた。

「了解」

という三田村の声を聞いてから、十津川たちは、車のスピードをあげて行った。

NSSの白いライトバンも、問題の十一トントラックも、なかなか見えて来なかった。

相手もスピードをあげたのか。

突然、前方に、大型トラックがとまり、運転手に、ハイウェイパトロールが、事情を聞いているのが見えた。

十一トントラックで、フロント部分が、へこんでいる。どうやら、西本たちのパトカーに追突して、はじき飛ばしたトラックらしい。

こちらも、とまって話を聞きたかったが、今はNSSの車を追うのが、先決だった。

スピードをあげて、通過する。

いぜんとして、相手の車は、見つからない。

大井松田インターを過ぎ、都夫良野《つぶらの》トンネルに入った。

通過して、沼津に入った。まだ、NSSの車は、見つからない。

静岡を過ぎてやっと、それらしいライトバンが、視界に入ってきた。

すぐ、背後につきたいのを我慢して、一定の距離を置いて、しばらく、尾行することにした。

強引に、ライトバンの前に廻り、車をとめることは出来る。しかし、仲間の大型トラックと共謀して、パトカーを破壊し、刑事二人を負傷させたということで、緊急逮捕は難しい。

大型トラックなど知らないというに決っているからである。

それに、真の目的は、ライトバンに乗っているだろう、江端尚子の身柄を確保することである。

やみくもに、ライトバンをとめて、車内を調べ、肝心の彼女がいなかったら、相手を警戒させるだけだった。

辛抱し、チャンスを待った。

相手は、尾行のパトカーを破壊して、一安心しているかも知れないから、チャンスはあるのではないか。

浜名湖サービスエリアで、やっと、NSSのライトバンが、スピードを落して、進入して行った。

十津川たちの覆面パトカーも、続いて、サービスエリアへ入って行く。

向うの車は、駐車場の中ほどの場所に、車体を入れて行った。

田中が、その近くに、パトカーを入れた。

向うの車から、三人の人影が降りて、建物の方向へ歩いて行く。

逆光になっているが、一人は女で、大柄な男二人が、その両側にいることは、わかった。

三人が建物に入るのを待って、十津川と田中は、ライトバンのドアを叩いた。

中にいた三十五、六歳の女性が、ドアの窓ガラスを下した。

十津川は、彼女に警察手帳を見せた。

「江端尚子さん？」

と、きいた。

女は、びっくりした顔で、

「違います」

「じゃあ、江端尚子さんは？」

「中へ入って行きましたわ。飲みものを買ってくるといって」

と、いう。

二人の男と一緒に建物の中に入って行ったのが江端尚子だったのだ。

十津川は、女に、窓を閉めるようにいってから、田中刑事に、

「これから、江端尚子を攫《さら》う」

「攫う――んですか？」

「今は、非常事態だ。とにかく彼女を確保する必要がある」

「どうしたらいいんでしょうか？」

若い刑事は、戸惑いの色を見せて、きく。

こんな時、亀井刑事なら、以心伝心で、こっちの考えることを悟って、行動してくれるのだが、その亀井は、今、入院してしまっている。

「いいか、向うから出てくる連中を、私が脅かすから、その間に、女を連れてパトカーに逃げろ。そして、エンジンをかけて私を待て」

十津川は、田中に説明してから、拳銃を取り出した。

ライトバンのリアのタイヤに銃口を押し当て、近くのトラックがエンジンをかけたのに合せて、引金を引いた。二発射って、二本のタイヤをパンクさせてから、建物の方へ向って、歩いて行った。

三人が、出て来た。

男二人は手に、缶入りの飲物を持っている。

彼等に近づくと、十津川は、いきなり、警察手帳を、突きつけた。

「警視庁捜査一課だ。君たち二人を緊急逮捕する！」

と、怒鳴った。

「何の容疑だ！」

男の一人が、怒鳴り返す。

「女性の誘拐だ！」

「バカなことをいうな！」

「抵抗すると、射殺するぞ！」

十津川が、拳銃を取り出すと、さすがに二人の男は、怯《おび》えて、後ずさりする。

その間に、田中刑事が、女の腕をつかんで、駈《か》け出した。

「待て！」

と、男があわてて、大声をあげた。

「動くな！」

と、十津川が、拳銃を小さく振った。

「君たちはＮＳＳの人間だろう？」

「そんな会社は知らん」

「おかしいな。君たちが乗って来たライトバンは、ＮＳＳのものの筈《はず》だぞ」

十津川は、時間かせぎに、質問をぶつけていった。どうせ、相手が、イエスという筈がないのを、見越してである。

その間に、田中が女を連れて、パトカーに乗り込み、エンジンをかけた。

それを見てから、十津川は男二人に向って、いった。

「うしろを向け！」

「何をするんだ？」

「不当だぞ！」

「静かにしろ！」

と、十津川は、いい、ゆっくり、後ずさりしていって、パトカーの助手席に、身体を滑り込ませた。

「逃げろ！」

と、田中に怒鳴った。

「刑事が、逃げるんですか？」

「今は、逃げるんだ！」

十津川が、叱り飛ばし、田中が、あわてて、アクセルを踏み込んだ。

十津川が窓の外を見ると、二人が何か叫びながら、車に駈け戻っている。

その間に、十津川たちの車はサービスエリアを飛び出した。

田中は、運転しながら、

「他のパトカーを呼んでくれませんか」

と、十津川に、いった。

「駄目だ」

「なぜ、駄目なんですか？」

「向うは盗聴のプロだ。われわれが、覆面パトカーで逃げたのを知っているから、警察の無線は、全て盗聴している筈だ」

「しかし、警察無線は今は、暗号化されている筈ですが」

「そんな暗号は簡単に、解読されてしまうよ」

「そんな相手なんですか？」

「そんな相手だよ」

と、十津川はいった。

「何処《どこ》まで逃げればいいんですか？」

「東京までだ」

「では、次のインターで、高速から出ます」

と、田中は、いった。

十津川は、リア・シートを振り向いて、まだ、青い顔をしている女に、

「江端尚子さんですね？」

「ええ」

「東京に戻ったら、平山千秋さんに会わせますから、まず彼女と話し合って下さい」

「手帳は、見て頂きました？」

と、尚子がきいた。

「拝見しましたよ」

「何かの役に立ちました？」

「大変、参考になりましたが、ご本人に、証言して貰いたいのですよ」

と、十津川はいった。

「でも、何を話したらいいのか」

「だから、まず、平山千秋さんと話して下さい」

車は、東名高速の外に出た。

「これからは、東名を使わずに、東京に戻る」

と、十津川はいった。

車をとめ、十津川は、道路マップを取り出して、東京までの道路を確認することにした。

走り出すと、すぐ、十津川の携帯が、鳴った。

「千秋です」

と、女の声が、いった。

「カメさんは大丈夫か？」

「ついさっき、手術が終ったところ。大変な手術だったけど、お医者さんは何とか命は取りとめるといってます」

「カメさんはタフだからな」

「そっちはどうなったんですか？」

と、千秋がきいた。

「それは、東京に戻ってから話す」

「どうして、今、話して貰えないんです？」

「この携帯が、盗聴されているかもしれないんだ」

と、だけいって、十津川は電話を切った。

「携帯も、盗聴されているんですか？」

田中が、きく。

「私は、何しろ、彼等の間ではNO８７７６２という番号をつけられ、私に関することなら、全て、調べられているんだ」

と、十津川はいった。

夜が、明けてきた。

ふいに、頭上に、大型のヘリコプターが、現われた。

高度を下げて来て、道路上を、なめるように飛んで行く。

「うるさいヘリですね」

と、田中が、顔をしかめる。

「携帯から、位置を特定されたのかも知れない」

「ＮＳＳの連中ですか？」

め た。

赤信号になり、十津川たちの車が停車すると、頭上のヘリも、真上で、ホバリングを始めた。

「多分そうだろう」

「見つかったぞ」

十津川は、苦笑していった。

「どうしますか？」

「構わずに、東京へ向って走れ。まさか、頭の上から、爆弾を落すようなマネはしないだろう」

信号が、青になり、十津川のパトカーも発進した。

「これから、どうなるんですか？」

田中が、不安気に、きく。

「連中は、仲間の車を呼ぶだろうね」

「また、十一トントラックですか」

「かも知れん」

「畜生！」

田中が、舌打ちする。

「どうしたんだ？」

「ガス欠になりそうです」

「次のガソリンスタンドへ入れ」

「NSSの車に囲まれますよ」

「いいから、ガソリンスタンドへ入るんだ」

と、十津川は、いった。

道路沿いのガソリンスタンドへ入り、給油する。

「相変らず、ヘリが監視していますよ」

と、田中は、いう。

「いいか。私は、彼女と一緒にここでおりる。君は、そのまま、東京へ向って走れ。しばらくは、誤魔化せるだろう」

と、十津川は、いった。

頭上のヘリを注意しながら、十津川は江端尚子と二人、車から抜け出し、ガソリンスタンドの事務室にかくれた。

給油をすませたパトカーは、田中一人が乗って、ガソリンスタンドから、走り出した。

十津川は、事務室の窓から、頭上を見上げた。案の定、ヘリも、田中の車を追って飛び去った。

「これからどうするんですか？」

と、尚子が、小声できいた。

「バスか、タクシーを拾います」

十津川は、そういって、彼女を連れて、外へ出た。

道路へ出る。

タクシーは、なかなか、姿を見せない。

十津川は、前方にバス停を見つけて、歩いて行った。

尚子が、緊張し、身体をこわばらせている。

急に十津川が、笑った。尚子は眉《まゆ》をひそめて、

「どうしたんですか？」

「追っかけるのは、慣れているんですが、逃げるのは、慣れていなくて。それを考えたら、急におかしくなりましてね」

と、十津川は、いったが、尚子は、ニコリともしなかった。
七、八分待って、バスが来た。
浜松駅行きの標示が出ている。二人は、乗り込んだ。

バスが動き出す。

十津川は、携帯をかけたいのをじっと我慢した。

窓の外を注意深く観察するが、怪しい車の姿は見えなかった。

まだ、連中は、田中一人の乗ったパトカーを、追っているのだろう。

バスが、ＪＲ浜松駅に着く。

東京までの切符を買い、新幹線ホームに入った。

ホームの電話を使って、捜査一課にかけた。

女性の声が出た。

「十津川だ。北条君か？」

「はい」

と、北条早苗が、答える。

「そちらに、何か連絡が、入ってるか？」

「亀井刑事の手術は終りました」

「それは、聞いている。西本刑事の方は、どうなっている？」

「事故で、パトカーを運転していた西本刑事は、右腕骨折の重傷。助手席の日下刑事は、軽傷です。二人とも、静岡のＮ病院に入っています」

「西本刑事も、命に別条はないんだな？」

「それはありません」

「追突したトラックの運転手は？」

「東京のＳ運送の十一トントラックで、木村運転手は前方不注意で、逮捕されています。

「科研が、今、爆破されたエレベーターを調べています」

「その他には？」

助手もです」

「わかった」

十津川は列車が、来たので、電話を切った。

二人は「こだま」の自由席に乗り込んだ。とにかく死者が、出ていないことに、ほっとしていた。

あと心配なのは、田中刑事のことだった。

NSSは、あのパトカーに江端尚子も、乗っていると思うだろう。

何しろ、君原さつきと恋人を、爆殺してまで、彼女の口をふさいだ連中なのだ。

だから、田中の運転する車を、爆破しかねない。

（どうしたらいいのか？）

十津川は、考え込んだ。若い田中だから、一人で対処できるのか？

車内販売がやって来たので、十津川はコーヒーと、駅弁を買い、尚子と二人で、それを朝食にした。

そのあと、十津川は、田中刑事のことが、どうしても気になって車内の電話室を探し、もう一度、北条早苗にかけた。

「田中刑事から、何か連絡が入ってるか？」

と、きいた。

「さっき、浜名湖を通過し、東京に向っているという連絡が入りました」

と、早苗が、いう。

「それだけか？」

「田中刑事は、それだけですが、三上刑事部長が、警部を探しておられます。何でも、警部の携帯にかけたが、通じなかったと、怒っておられました」

と、早苗が、いった。

十津川は、苦笑した。

「今、わざと、切ってあるんだ。部長は何の用で、私を探しているんだ？　事故の件か？」

「それもあるようですが、NSSが、弁護士を通して、抗議して来たと、おっしゃってました。警部が、NSSの女性社員を誘拐したということらしいのです。直ちに、その女性社員を返せと抗議しているみたいです」

「それで、三上部長は何と返事したんだ？」

「前に警部と亀井刑事が、NSSのビルに侵入したことがあるから、何も反論できなかったそうです。NSSの弁護士は、図に乗って、女性社員を誘拐した十津川警部は、逃げ廻っているから、NSSが、実力行使をして取り返すつもりだと、いって帰って行ったそうです」

と、早苗はいった。

「もう、連中は、実力行使をしているさ」

十津川が、吐き捨てるようにいった。

「それが、亀井刑事たちの負傷ですか？」

「そうだ」

「田中刑事には、何か、注意しておきますか？」

と、早苗が、きいた。

十津川は、考え込んだ。

田中刑事の運転するパトカーは、いぜんとして、NSSのヘリに監視されているだろう。そのうちに、指示を受けたトラックが、やって来て、田中のパトカーが、囲まれてしまうだろう。そして、西本たちの車のように、押し潰されることになるのか。

それを防ぐのは、簡単である。

あのパトカーに、江端尚子が乗っていないことを示せばいいのだ。

海岸か、広場に車を乗り入れ、ドアを開け放って、田中が車を離れてしまえばいいのだ。

それで、連中は、あの車に、江端尚子が乗っていないと気付くだろう。

だが、そうなると、連中は、他のルートを探す。頭のいい連中だから、たちまち、新幹線に注目するに決っていた。

　連中が、この列車に乗り込んで来たら、どうなるのか？　怖いのは、他の乗客が、傷つくことである。

「警部、聞いてますか？」

　と、早苗がいった。

「ああ、聞いている」

「田中刑事への注意ですが」

「そうだな。こう伝えてくれ。ＮＳＳの車が、近づいて来たら、とにかく逃げろ。時間かせぎをして、もし、どうしても危険になったら、警察署か、ガソリンスタンドに逃げ込めと伝えてくれ。それだけで、わかると思う」

　座席に戻ると、十津川は、尚子に断ってから、煙草に火をつけた。

「禁煙をしたいんだが、いらいらしてくると、つい、吸いたくなりましてね」

　と、十津川が、いうと、尚子もポケットから、煙草を取り出して、咥《くわ》えた。

「あなたも、吸うのか」

「ええ」

　と、尚子が肯《うなず》く。

　十津川は、ライターで火をつけてやってから、

「前から、煙草を？」

「以前は吸ってませんでした。ＮＳＳで働くようになってからです。毎日毎日、ヘッドホンをつけて、電話の声を、聞いていると、神経が高ぶってくるんです。同じ声がないか聞き分けなければいけないから。休憩時間に、一緒に働いている人から、煙草をすすめられたんです。それを一服していたら、気分が安らかになったような気がして。それから、やめられなくなってしまったんです」

「神経が、高ぶりますか」

と、尚子は、いった。

「他人《ひと》の電話を聞くこと自体に気がとがめるし、その上、前に聞いた声かどうかを判断しなければならないんですものね。いらいらしてきますよ」

と、尚子は、いった。

「どんな人の電話を盗聴したんですか？」

「名前は教えられずに盗聴したテープを聞かされるんですけど、有名人なら、名前は当然わかりますよ。政治家の声も聞いたし、タレントさんの声も聞きました」

と、尚子は、いってから、急に小さく笑って、

「テープで、警部さんの声も、何回も聞きましたよ」

「やっぱりね。どんなテープでした？」

「上役の部長さんや課長さんと話しているのや、奥さんと話をしているテープでした。あ、警部さんは定期検診で、肝臓を注意されたでしょう。それに、中性脂肪も。亀井刑事さんと、中年になると、身体にガタがくるんだと、二人で、いってたのは覚えています」

「ええ。私のことは、いろいろとわかっていたんだ」

「ただ、職員は、お名前では呼んでいませんでした」

「数字になっていたんでしょう？」

「ええ、確か5ケタの数字になっていました」

「NO87762？」

「いえ」

「違うんですか？」

「正確な数字は覚えていませんけど、一ケタ目は、2ではありませんでした。1でした」

と、尚子はいう。

また、十津川が、考え込んだ。

シャドーXが、送りつけてきた手紙にあのナンバーがあって、死ぬと書かれているのを見たとき、十津川は、てっきりNO87762は自分だと思い込み、あの手紙を自分に対する宣戦布告だと、受け取っていたのだ。

しかし、あのナンバーが、十津川を示していないとすると、誰を示しているのだろうか？

亀井刑事のことなのか？

確かに、十津川は、自分が狙われるより、亀井が、狙われた方が、気が重くなる。

そんな、十津川の精神的な弱みを狙ってきたのだろうか？

列車は、掛川《かけがわ》に止まった。

ここでひかりの通過を待ち合せるので、停車時間が長い。

十津川は、ホームにおり、こちらの列車に乗ってくる人間を注意深く観察した。

彼と、江端尚子が、こだまに乗ったことは、まだ、連中に知られていないとは思うのだが、安心は禁物だった。

情報戦では、向うの方が、秀《すぐ》れているのだ。

ひかりが、通過して行き、十津川たちの乗るこだまも発車した。

午前九時二三分。

車掌に確認すると、東京着は、一一時一〇分だという。

「あと二時間足らずで、東京に着きますよ」

と、十津川は尚子にいった。

「東京に着けば、もう安全ですわね」

「東京には、刑事を迎えに来させるつもりですが——」

と、十津川はいった。

ただ、そこまで、無事に、このまま行けるのか。

それにNSSは女性社員が、十津川によって誘拐されたといっている。

それを、裁判所が認めたら、東京駅で、強引に、江端尚子を奪い返されてしまうかも知れない。

すでに、NSSは弁護士を通じて、地裁に訴えているだろう。

もう一つ、不利なことに、NSS側には、有力政治家がついている。

うちの三上刑事部長は、政治的圧力に弱いから、東京に着いても、直ちに、江端尚子の身柄をNSSに引き渡せということになるのかも知れなかった。

十津川はもう一度車内電話を、北条早苗にかけた。

「どんな具合だ？」

と、きいた。

「新聞記者が、押しかけてきています」

と、早苗は、いう。

「何だって？」

「十津川警部が、NSSの女性社員を力ずくで誘拐した。今、何処にいるんだ？　何のために、誘拐したのか？　三上部長が、つかまって、質問されています」

「部長は何と言っているんだ？」

「十津川が何処にいるかわからないし、連絡もないと、答えています」

「そうか」

「警部は今、何処におられるんですか？　東京に着く時間がわかれば、何処へでも、迎えに参ります」

と早苗はいった。

「こだまで、東京駅に、一一時一〇分に着く」

と、いおうとして、十津川はやめた。

NSSが、江端尚子のことを、新聞社にリークして、警視庁に押しかけさせたのは圧力をかけるための他に、何とかして、十津川と江端尚子の行方を知りたいからだろう。

記者たちにとって、警視庁の現役警部が、民間会社の女性社員を誘拐したとなれば、大ニュースである。

きっと、うの目たかの目で、見張っているだろう。そんな時、刑事たちが、東京駅に向ったら、たちまち、察知されてしまう。

そして、NSSも、十津川と江端尚子が、東京駅に着くことに気付いてしまう筈だった。

「残念だが、今は話せない」

と、十津川はいってから、

「田中刑事はどうしているかわかるか？」

「それが、連絡が取れません。車の無線にかけていますが、つながりません」

と、早苗はいう。

「引き続いて連絡をとってみてくれ。それから、カメさんの入院している病院に刑事を二人、向わせておいて欲しい」

「亀井刑事が危いんですか？」

「危険が、予感されるんだ」

「わかりました」

早苗が、肯いた。

十津川は座席に戻ると、尚子に、

「次の静岡で、おります」

「何があったんですか？」

「NSSの連中が、この列車に乗り込んでくる恐れが出て来ました」

「でも、あなたは刑事さんなんだから」

「私が、あなたを誘拐したことになっているんです」

と、十津川は、いった。

九時三九分、静岡駅着。二人は、こだま454号からおりた。

十津川は周囲に気を配りながら、改札口に向った。監視や尾行されている気配はない。

「これから、どうするんです？」

尚子が、不安の眼で、きいた。

「何とか、東京に向います」

と、十津川はいった。

亀井刑事の入っている病院へ行こうと、十津川は、考えていた。そこには、平山千秋がいる筈だし、二人の刑事が、行くことになっている。

静岡駅の外に出た。

（ここからどうするか？）

タクシーに乗るか、バスを乗りついで行くか。

しかし、NSSの連中も、同じことを考えるだろう。

十津川はしばらく考えてから、駅近くの営業所で、レンタカーを借りることにした。

一番、ありふれた、白のカローラを借りた。

東名高速には入らず、一般道路を東京に向って、走り出した。

何事も起きない。が、道路はこんでいて、スピードは出せなかった。

ヘリの音が聞こえたので、見つかったのかと思ったが、新幹線が近くを走っていて、ヘリはその辺りを飛んでいるのだった。

ヘリが二機になっている。

どうやら、ＮＳＳは田中刑事のパトカーに十津川と江端尚子が乗っていないことに気付いたらしい。

十津川は、沼津で右折する道を選んだ。

「少し寄り道をします」

と、十津川は尚子にいった。

「どうするんですか？」

尚子が、緊張した顔できく。

「様子を見たいんです」

と、だけ、十津川はいった。

沼津から、海岸線を三津《みと》浜を抜け、大瀬崎に向って走る。

ここで、ひと休みした。

（これから、どうするか？）

第10章　反撃

ヘリは、ここまで飛んで来ない。十津川たちが伊豆半島に廻ったことには、まだ気付いていないのだろう。

「腹が減りませんか？」

と、十津川は、尚子に声をかけた。

尚子は、疲れた顔で、

「今はそんな気になれなくて――」

「しかし、食べた方がいい」

と、十津川はいい、ひとりで、駐車場から、海へ向っておりて行った。

海辺には、やたらにダイビングクラブの看板が目立つ。夏になると、この辺りは初心者のダイバーであふれるのだろう。

その中に、十津川は小さなコンビニを見つけ、パンと牛乳、コーヒーなどを買い込んで、車に戻った。

「とにかく、食べて下さい」

と、十津川は半分を尚子に渡した。

「これからどうなるんですか？」

尚子は、菓子パンを手にしたまま、十津川にきく。

「私としては、シャドーX、すなわち、NSSをぶっ潰したいんですよ。そうしないと、大変なことになると思っている。そのために、あなたに協力して欲しいんです」

と、十津川はいった。

「でも、私が、お力になれるでしょうか？　NSSの人たちは、自信満々に見えましたけど」

「それは、自分たちが、日本を守っていると錯覚しているからですよ。危険な錯覚なんです。それを、何とかして、気付かせてやらなければならないんです」

十津川は、自分にいい聞かせるように、いった。

「これからどうするんです？」

「今日は伊豆の西海岸で、過ごします。連中は、私たちを見失ったと思うでしょう。そして、混乱する。その混乱に乗じて、東京に入り、亀井刑事が入院している病院に行く。そこには平山千秋さんもいる筈です」

食事がすむと、十津川は、車を更に走らせ、戸田《へだ》に入った。

小さな漁港で民宿もある。

最近は、温泉も出た。

十津川は、海辺の一軒の民宿に、泊ることにした。

二階の海の良く見える部屋に、案内される。夕食の時、小さなテレビで、ニュースを見た。

〈現職の警視庁の警部が、NSSの女子社員を誘拐か？〉

と、いきなりテロップが出た。

NSSの広報担当の柏崎が、テレビに向って、これは許せない行為だと、わめき立てている。

それに対して、三上刑事部長が、下手な弁明を繰り返している。

柏崎と一緒に会見に出たNSSの顧問弁護士は、

「法的手段に訴えることも考えている」

と、いい、誘拐犯人の警部の即時罷免《ひめん》を要求していた。

（NSSは、これをチャンスにして自分たちを公けに認めさせようとしている）

と、十津川は思った。

連中も必死なのだ。

とにかく、眠ることにして、十津川は早々と布団に入った。

翌朝、目ざめると、布団に尚子の姿がない。

はっとしたが、窓の外を見ると砂浜に、彼女が立っていた。

曇っていて、富士山は見えない。そのぼんやりした水平線をぼんやり、眺めているのだ。

しかし、部屋に戻ってきた時はきっとした眼になっていた。

朝食の時、尚子は箸《はし》を動かしながら、

「決心がつきました。食事がすんだら、一刻も早く東京へ行きましょう」

と、いった。

「問題は、NSSの連中に見つからずに無事に亀井刑事たちのいる病院に着けるかどうかだ。もし、途中で見つかったら、向うに君を奪い返す正当な理由がある。今のところはね」

「本人の私が、ノーといったらどうなんです？」

「今は駄目だ。私が脅して、そういわせていると、思われてしまう」

「私自身がノーだといっても駄目なんですか？」

「テレビでもわかったじゃないか。NSSは、マスコミ操作をしてすっかり横暴な警察と被害者のNSSという構図を作りあげてしまっているんだ。それを打ちこわすのは、容易じゃない。君ひとりが叫んでも、今は駄目だ」

と、十津川はいった。

朝食をすませると、十津川はすぐ出発した。

「このまま、まっすぐに東京に向えばいいんでしょう」

尚子は、楽観的にいう。

「そう簡単にはいかないと思っている」

「でも、私たちが、ここにいるのは、知らないんでしょう？」

「今は、知らないだろう。だが、私たちが、田中のパトカーにも、列車にも乗っていないのを知れば、あとは車と考える。もう、私が、レンタカーを借りたことを調べているかも知れない」

と、十津川はいった。

「でも、十津川さんは、あの営業所の人に口止めしてきたんでしょう？」

「一応はね、しかし、今は警察の人間が、君という女性社員を誘拐したことになってしまっているから、私の口止めなんか、もう力がなくなっている筈だ。それどころか、私たちのことも、あの営業所の人間が、ペラペラ喋《しゃべ》っているかも知れないな」

と、十津川は、いった。

「少しばかり、悲観的すぎると思いますけど」

「では、試してみよう」

十津川は営業所のパンフレットを取りだし、電話をかけた。

「昨日、カローラを借りた十津川だがね」

と、告げると、電話に出た男は、あわてた調子で、

「ちょっと待ってください」

と、いう。

明らかに近くに、聞き耳を立てている人間がいるのだ。
二、三分して、同じ男の声で、
「申しわけありませんでした。十津川さまですね？」

「忙しそうだね」

「ご用をおっしゃって下さい」

「今、熱海にいるんだ」

「アタミですね」

男は、いちいち繰り返している。やはり傍に誰かいて、その人間に、聞かせているのだ。

「ああ、熱海のホテルに一泊したんだ。これから、ゆっくり駅へ行って、こだまに乗る。車は、駅前の駐車場に乗り捨てておくので、後はよろしくお願いします」

「ちょっと待って下さい」

「え？」

「ええと、何時のこだまにお乗りになるんですか？」

「どうして？」

「私どもも、車を取りに行く都合がありますので」

「なるほどね。決めてはいないが、十時頃のこだまに乗ろうと思っている」

「もちろん、上りのこだまですね？」

「当り前だよ。東京へ帰るんだから」

と、十津川は、電話を切った。

「どうでした？」

と、尚子が、きく。

「やっぱり、連中は、この営業所に張り込んでいたよ」

十津川は苦笑した。

「それで、私たちは、どうやって、東京へ行くんですか？」

「午前十時には連中が熱海駅の駐車場に殺到している筈だ」

十津川は、腕時計に眼をやった。今、午前九時五分。あと、四十五分は安全だろう。

ここからどのルートで東京へ向ったら、一番安全なのか？

「とにかく出発だ」

と、十津川は、いった。

二人は車に乗った。しかし、熱海に近づくのは、危険だった。

「南下する」

と、十津川はいった。

伊豆の西海岸を、下田《しもだ》に向って、飛ばして行った。

尚子は、不安気に、

「これじゃあ、東京から、どんどん離れて行くみたいですけど」

と、いった。

下田の手前、林の中に車を突っ込む形で、乗り捨て、そこから下田の町まで、二人は歩いて行くことにした。すでに午前十時を過ぎていた。

今頃、NSSの連中は、十津川に欺《だま》されたと気付いて、あわてているだろう。

そして、再び、十津川と尚子の行方を探している筈だ。

下田の町に入ると、十津川は公衆電話を探した。自分の携帯をかけられないのが何とも不便だ。

やっと、公衆電話を見つけ、それを使って、大学時代、同じヨット部にいた長谷川にかけた。

現在、長谷川はレジャーボートの輸入販売をしている筈だった。

会社につながった。長谷川は、そこにいてくれた。

「久しぶりだな」

「助けて欲しいんだ」

「テレビで、いってることは、本当なのか？　君が、NSSの女性社員を力ずくで誘拐したというのは」

と、長谷川が、きく。

「全て、NSS側の悪宣伝でね。参っている」

「しかし、NSSは、日本にとって必要な、立派な会社だと聞いているよ」

「それが、とんでもない間違いなんだ。問題の女子社員は、それを公けにしたくて、NSSを脱出したんだよ」

「それなら、逃げ廻る必要はないだろう」

「今は、何をいっても、私たちに不利になってしまっている。私は、何とかして、彼女を連れて、東京に戻りたいんだが、NSSの眼が、光っていてね」

「君が、警察を動かせば、どうということはないんじゃないのか？　警察が動けば、NSSみたいな一つの企業など、何でもないだろう」

「それが、今は、駄目なんだ。私の上司も、NSSの方針を信用してしまっている」

と、十津川は、いった。

「それで、君はどうしたいんだ？」

「君の助けを借りたいんだよ」

「ボクの？」

「君は確か、油壺《あぶらつぼ》のハーバーに大型クルーザーを持っていたな？」

「ああ。持っている」

「それで、下田へ私たちを迎えに来てくれ」

「そのあとは？」

「私たちを油壺まで運んでくれたら、そのあとは、自分の力で、東京へ行く」

と、十津川は、いった。

「ボクが、君を助けて、罰せられるようなことはないだろうね？　ボクには妻子があるから」

「大丈夫だ。君には迷惑はかけないよ」

「これから、油壺へ行くんだから時間が、かかるぞ」

「待っている。頼むぞ」

と、十津川は、いった。

電話を切って、とにかく待つことにした。

午後三時を過ぎて、やっと、長谷川のクルーザーが、下田港に姿を現わした。

長谷川は乗り込む十津川に向って、

「本当なら、四、五人が、乗って動かすんだが、君が、内密に動きたいと思ったから、ひとりで、動かしてきた」

と、いった。

「感謝するよ」

「この人が、問題の女性か？」

「そうだ。私が、誘拐したように見えるか？」

「いや、見えないな」

「じゃあ、私たちを、油壷まで運んでくれ」

と、十津川はいった。

三人を乗せたクルーザーは、猛然と、走り出した。

「油壷の先はどうするんだ？」

と、長谷川が、きいた。

「君の車があるだろう。それを貸してくれ」

と、十津川はいった。

「わかった。勝手に使ってくれ」

「恩に着る」

「午後六時までには、着ける」

クルーザーは、まっすぐ、油壺にコースをとっている。

陸地が見えなくなって、しばらく、走ったあと、今度は、三浦半島が視界に入ってきた。

その時、ふいに、頭上にヘリの爆音が聞こえた。

十津川の眼が、険しくなった。

「油壺を出る時、何処へ行くか、いって来ているのか？」

と、彼は長谷川にきいた。

「ルートの報告をしないと出港は許されないんだ。だから、下田まで行き、戻ってくると、届けて来ている。もちろん君や、彼女のことはいっていない」

と、長谷川はいった。

十津川は、また頭上に眼をやった。まだ周囲は明るい。

「あのヘリが気になるのかね？」

「あれはＮＳＳのヘリだ」

「間違いないのか？」

「何回も見ているから、間違いない」

「しかし、ボクは、今もいったように、君と彼女のことは、何もいっていないんだよ」

「それでも、ＮＳＳは、君が、私たちを下田に迎えに行ったと気付いたんだ」

「わからないな」

「連中は、コンピューターでも使って、私の逃亡ルートを調べあげたんだ。それに、私の友人で、クルーザーの持主の君の存在を組み込んだんだろう。それで、君のクルーザーで、下田から、油壺へ向うと答が出たんだと思うね」

「そんな相手なのか？」

「ＮＳＳという会社自体がコンピューターのかたまりみたいなものなんだ」

と、十津川はいった。

頭上のヘリは、ぴたりと食いついたまま、離れようとしない。

「どうする？　このままじゃあ、油壺には、君の敵が、わんさか、待ち構えているぞ」

と、長谷川はいった。

「今日の日没は？」

と、十津川はきいた。

「正確な時刻は知らないが、われわれが、油壺に着くまでには、日没になっている筈だ」

と、長谷川はいった。

「スピードを落としてくれ。油壺に着く前に、暗くなって貰いたいんだ」

と、十津川はいった。

「それで、どうする？」

「この船には、ゴムボートが積んであるだろう。あれに船外機をつけてくれ。それで上陸する」

と、十津川はいった。

長谷川が、クルーザーのスピードをゆるめた。陽が、どんどん落ちていく。暗くなった。頭上のヘリも、姿を消してしまった。

十津川は、長谷川に手伝って貰ってゴムボートをおろし、それに船外機を取りつけた。それに尚子が乗り込む。

「ありがとう」

と、十津川が、長谷川に声をかけた。

「油壺で、君たちのことを聞かれたら、どういえばいいんだ？」

「殴られて、気絶している間にゴムボートを盗まれたといえばいい」

十津川は船外機をかけた。

夜の中に、エンジン音が、ひびきわたった。

前方に、三浦半島先端の灯台の明りが見える。

それを少し外して、十津川はゴムボートを走らせて行った。ありがたいことに、波はなく、海はおだやかだった。

前方の家々の灯が、少しずつ近づいてくる。

やがて、小石の多い海岸に乗りあげるようにして、到着した。

「何処なんですか？」

と、尚子がきく。

「多分、大磯《おおいそ》あたりの海岸だと思いますね」

と、十津川はいった。

前方に、まっすぐに伸びた道路があり、ひっきりなしにヘッドライトが行き来している。

あれは、国道1号線か。

二人はゴムボートを離れ、国道まで、小石の浜を歩いて行った。

「ここから東京まで、ヒッチハイクをしますか？　それとも、バスにしますか？」

と、十津川が、きいた。

「バスだと、乗り継ぐことになるんでしょう？」

「そうですね」

「それなら、ヒッチハイクで、東京まで行った方が楽ですけど」

と、尚子は、いった。

「東京へ行く車が、とまってくれるといいんだが」

「私が、とめます」

と、尚子はいった。

二人は並んで、車をとめにかかった。が、なかなか、とまってくれる車がない。

三十分くらいかかって、やっと、RV車がとまった。

若い男が二人乗っていた。

「何処まで？」

と、助手席の男がぶっきらぼうに、きく。

「東京まで、行ってくれませんか」

「いいよ」

と、肯き、車は、発進した。

運転している男は、黙って走らせている。

(少しばかり、うまく行き過ぎているな)

と、十津川は思った。
十五、六分も走ったところで、運転手は、ふいに車を脇道へ入れて、とめてしまった。
「何をしてるんです？」

と、尚子が、きいた。

「いくら、持ってる？」

と、助手席の男がきいた。

「何なの？」

「あんたらは、どう見たってわけありだ。おれたちは、金がない。が、あんたらを東京まで運んでやることは出来る。いい組合せだとは、思わないか」

と、男は、いう。

「つまり、金をくれということか?」

十津川が、きいた。

「そんなところだ」

「タクシーなら、東京まで二万円くらいだろうな」

十津川は、ポケットの財布から、二万円を抜き出して、男に渡した。

「これで、私たちを東京まで、運んでくれ」

「二万円か。これは貰っておくが、あんたらは、ここで、降りて貰う。この金は口止料だな」

「面白いな」

と、十津川は笑った。

二人の男は、嚙《か》みつきそうな顔になった。

「何が、おかしいんだ?」

「殺すぞ!」

「意気がるんじゃない」

十津川はポケットから、拳銃を取り出して構えた。

「オモチャなんか振り廻しやがって」

「悪いが、ホンモノだ」

十津川は、横のガラス窓に向って、引金を引いた。

鈍い発射音と同時に、ガラスが粉々になった。とたんに、二人の男の顔が、引きつった。

「悪いが、私のいう通り、車を運転して貰う。まず東京に向って、走れ」

と、十津川はいった。

RV車は、国道1号線に戻り、東京に向って、また走り出した。

「あんたは、何者なんだ？」

助手席の男が、いくらか青ざめた顔で、きく。

「いいから、黙って走るんだ」

と、十津川はいった。

都内に入ると車の流れが、おかしくなった。

「検問してるぞ」

と、運転していた男が前方を指さした。

確かに、幹線道路に非常線を張っているので車の流れがスムーズでなくなってしまったのだ。

「あんたのための検問か」

と、男の一人が、十津川を見た。

「脇道へ入れ」

と、十津川はいった。

「おれたちを巻き添えにしないでくれよ」

男の一人が、青い顔で、十津川を見た。

「私たちは、病院へ行きたいだけだ」

十津川は、病院の名前と場所を男たちにいった。

「とにかくそこへ行けばいいのか？」

と、運転している男が、いう。

「そうだ」

「それなら簡単だ。おれは東京の道路にくわしいんだ」

男は、大きな声を出し、いきなり細い脇道に入って行った。

何処をどう走ったのか、十津川にもわからなかったが、車は裏通りから裏通りを走り抜け、いつの間にか問題の病院の前に来ていた。

「着いたぜ」

と、男の一人は、得意顔でいったが、病院の前には、ＮＳＳの車が二台、玄関をふさいでいた。

車体にＮＳＳのマークはなかったが、尚子が、

「あれは二台とも、間違いなくＮＳＳの車」

と、いうのだ。

多分、裏口にもＮＳＳの車が、張りついているだろう。

「いいか、二台並んでいる車の二台目に追突して、押しまくれ！」

と、十津川は命じた。

「そんなことをして大丈夫なのか？」

「向うが文句をいったら、なぜ病院の前に並んでとまっているのか、聞いてみろ。向うは何にもいえなくなる筈だ」

「いやだといったら？」

「君たち二人を恐喝容疑で逮捕する」

十津川は、二人の男から、発煙筒を出させて、それを手に持った。

「さあ、行け！」

と、十津川は、怒鳴った。

男の一人は、面白がって、アクセルを踏み込み、二台のＮＳＳの車の一台に追突させた。

玉突きみたいに、二台のＮＳＳの車が、ずるずると、病院の玄関からずれて行く。

十津川は、尚子の手を引いて、車から飛び出した。

「早く、病院の中へ入れ！」

と、尚子にいい、NSSの車から、あわてて飛び出して来る男たちに向って、十津川は、発煙筒を投げつけた。

たちまち白煙が立ちこめ、病院の前が大混乱に落ち入った。

その隙に、十津川も病院の中へ、飛び込んだ。

その十津川を、二人の若い刑事が、迎えた。

尚子も、そこにいた。

二人の刑事の名前は、手島と白木という。

「亀井刑事の入っている病室へ案内してくれ」

と、十津川は二人に、言った。

三階の角の病室に、亀井が入っていた。

同じ部屋に、平山千秋もいた。

亀井は、意外に元気だった。そのことに、十津川はほっとしながら、

「よかったよ。カメさんが、元気で」

「まだ死ねませんよ」

と、亀井は、いった。

尚子は、平山千秋に会えたことに、安堵《あんど》の色を浮べながらも、

「NSSの人たちが、会社に戻れといって来たらどうしたらいいでしょう?」

と、十津川にきく。

「すぐ、退社願を書きなさい」

と、十津川はいい、手島刑事に、病院内の売店で封筒と、便箋《びんせん》を買って来させた。

その便箋に尚子が退社願を書き、十津川がそれを、封筒に入れた。

「NSSが、何かいって来たら、これを渡せばいい」

と、十津川はいった。

「しかし、それだけで、NSSが、納得しますかね?」

亀井が首をかしげた。

十津川は、部屋の電話を使って、友人の中野という弁護士を呼んだ。

「弁護士を呼ぶんですか?」

と、亀井がきく。

「きっと、NSSは、法律を盾にして、攻めてくるんだろうから、こちらも法的にガードする必要がある」

と、十津川はいった。

中野弁護士が駈けつけると、彼は、江端尚子を紹介して、

「この人は自由意志で、今、勤めているNSSを辞めたいと考え、こうして退社願を書い

た。それを、NSSが、辞めさせずに、連れ戻そうとしている。それを防いで、欲しいんだ」

と、話した。

中野は肯いて、

「会社がそんなことで、個人の意志を拘束できる筈はないよ」

「それを聞いて、一安心だ」

と、十津川はいった。

「NSSという名前を最近、よく聞くんだが、どういう会社なんだ？」

と、中野が、きいた。

「君は、人権を守る法律家の集りに入っていたね？」

十津川が、きいた。

「ああ。それが、どうかしたのか？」

「それなら、話してもいいだろう。NSSというのは、ニッポン・シークレット・サービスの略でね、今、はやりの、危機管理の専門会社だよ」

「しかし、危機管理は政府が、やることだろう」

「政府に委《まか》せておけないというので、民間会社が、それを始めたんだ。日本の危機管理の専門家が、会社の中枢にいて、賛同する多くの会社が、出資している」

と、十津川はいった。

「具体的に、どんなことをしているんだ？」

「国というのは、これからは、戦争によって崩壊するのではなく、内部から、テロ行為などによって、崩壊するものだということで、国民全部を一人一人調べあげ、コントロールして行こうというわけでね。すでに、私にも、ナンバーがついている。多分、君にもだ」

「まるで空想小説の世界だな」

「しかし、そこにいる亀井刑事には８７７６２というナンバーがついている。恐らく私は８７７６１だと思うがね。江端尚子さんはＮＳＳで、その作業をやっていたんだ。それが、嫌になり、ＮＳＳの実態を知らせようとして、会社を抜け出したんだが、向うは、私が彼女を誘拐したと、いいふらしている」

「その話なら、聞いたことがある。ただ単に現職の刑事が、何処かの女性社員を好きになり、嫌がるのを無理矢理、誘拐したんだと思っていた。またしても、警察のスキャンダルかと、苦々しく思っていたんだがね」

「世界的なテロさわぎで、ＮＳＳみたいな組織が必要だという人が、多くなっているんだ。その上、ＮＳＳは、豊富な資金を持っていて、東京本社の他に、名古屋、大阪と、支社を増やそうとしている」

と、十津川は、いった。

「そりゃあ、今のうちに食い止めないと、大変なことになるな」

中野も、表情を険しくした。

「有力政治家も、NSSの後ろ盾になっているので、簡単には、潰せないんだ」

「だが、君は、NSSを潰す気なんだろう？」

「ああ、そのつもりでいる」

「その方法は？」

「わからないが、まず、証人の彼女を守らなければならない。君も、協力してくれ」

「わかった。弁護士仲間に呼びかけて、NSSの正体を調べさせる」

と、中野はいった。

夜になると、十津川は、尚子のガードを、二人の刑事たちに頼んで、病院から抜け出した。

百メートルほど離れた喫茶店に入り、これからどうするか考えていると、平山千秋がカメラを手に入って来た。

「私も、連れてって下さい」

と、いう。

「私はひとりになって、NSSに反撃しようと思っているんだ。君が一緒だと、自由に行動できなくなる」

「NSSは、十津川さんの行動を悪くいうに決ってるわ。だから私みたいな証人が必要よ」

「証人か」

「そうよ。証人が常に一緒なら、敵のデマから、十津川さんを守ってあげることが出来るわ。あなたが、ひとりで勝手なことをしていたら、NSSに何をいわれても、反撃できなくなるわ」

と、千秋はいった。

「確かにそれはある」

と、十津川も肯いた。

彼はじっと、千秋を見つめて、

「君はテープレコーダーを持っているか？」

と、きいた。

「商売道具だから、カメラやマイクロレコーダーなんかは、いつも、持っていますよ」

「それじゃあ、行こうか」

と、十津川はいった。

「何処へ行くんです？」

「人に会いに行く」

「NSSの理事長の佐々木と対決しようというわけ？」

「いや、佐々木理事長には、もう会っている。それに私の見るところ、佐々木は、実務者で、NSSの組織を作りあげるには有能な男だと思うが、彼自身に力がある筈がない。本当に力のある人間と対決したいと思っている」

と、十津川はいった。

「誰なの？　それは」

「西尾隆一郎だ」

「西尾隆一郎って、元首相の？」

「佐々木にとって、親分みたいな男だよ。今でも、政界財界に隠然たる力を持っているし、私はNSSの発想は、佐々木よりも西尾隆一郎だと思っているんだ」

「何処に行ったら、会えるの？」

「多分、この時期は、別荘だと思っている」

「でも、今、国会が、開かれているんじゃないの？」

「だが、西尾という人は何か問題があると、御殿場《ごてんば》の別荘に籠《こも》るくせがあるんだ。もし西尾が、NSSの生みの親だとしたら、今、彼は、別荘に籠って、NSSをどうするか、考えている筈だ」

と、十津川はいった。

「会いたいといっても、会ってくれる人物じゃないんでしょう?」

と、千秋がきく。

「彼は、私との面会は拒否するだろうね。だから強引に訪ねて行く」

と、十津川は、いった。

二人は、御殿場に向った。

御殿場の別荘地帯に西尾の別荘もあった。

「意外に、小さいのね」

と、千秋は、拍子抜けした顔になって、

「政財界に隠然とした力を持っているというから、莫大な政治献金なんか受けて、お城みたいな大きな別荘だと思っていたのに」

十津川は苦笑して、

「西尾隆一郎というのは、昔から、信念に生きる政治家で、金銭には、執着のない人なんだ」

「じゃあ、立派な人じゃありませんか」

「ある意味では、立派な政治家だよ。だが、信念に生きる政治家というのは、ある場合には、もっとも、危険なんだ。そして今が、その時でね」

第11章　シャドー・キャビネット

二人はしばらく離れた場所から別荘の様子を見守った。

三十分ほどすると、急に別荘の玄関が、さわがしくなった。次々にタクシーがとまり客がおりて、別荘の中へ吸い込まれて行く。

「何か会議でもあるみたい」

と、千秋が、小声で、いった。

十津川は、ポケットから、デジカメを取り出して、その人たちを写していった。

全部で、二十人余りの人間だった。

その後、ぴたりと、人の来る気配が消えた。千秋のいう通り、中で、会議でも始まったのか。

「いったん、東京に戻ろう」

と、十津川が、いった。

「別荘に忍び込むんじゃなかったんですか？」

「その前に、今日集った人たちが何者なのか調べたいんだ」

と、十津川はいった。

二人はあわただしく、御殿場を離れ、東京に戻った。が、十津川は、病院には行かず、大手町にある中央新聞社に向った。

その近くの公衆電話で、大学時代の友人で、社会部記者の田島を呼び出した。

新聞社傍の喫茶店で会った。

十津川は、まず、千秋を紹介してから、田島にいった。

「今日は、君に見て貰いたいものがあるんだ」

「それより、いったい、どうなってるんだ？　警視庁の現職の警部が、ＮＳＳのビルに、不法に忍び込んで、問題になっていると聞いたんだが、あれは君じゃないのか？」

「それは、いつか説明するよ。とにかく今は、これを見て欲しいんだ」

十津川は、強引にデジカメで、撮ってきた映像を、次々に見せていった。

田島は、最初は苦笑していたが、コマが進むにつれて、眼が光ってきた。

「こりゃあ、面白い」

と、田島はいった。

「この連中が、誰なのか、教えて貰いたいんだ」

「知らないのか？」

「見たことのある顔はあるが、名前はわからない」

「今もいったように、面白い顔ぶれなんだ。政治家もいれば、財界人もいるし、学者もいる」

「統一が、とれていないということか？」

「いや。そうでもない。前に、御殿場会議というのがあったのを知ってるか？」

「名前だけは、聞いたことがあるが――」

「前首相の外交が軟弱すぎる。危機管理がなっていない。このままでは日本は、滅亡してしまうという、日本の将来を憂えるという人々が御殿場に集って、会議を開いたことがある。その総意を発表しようとしたんだが、それがあまりにも過激だというので、発表が見送られたことがあるんだ。その時、御殿場会議に集った人たちとメンバーが一致している」

「なるほどね」

「この写真は、何処で撮ったんだ？」

「西尾隆一郎の御殿場の別荘だ」

「そいつはなお更、面白いな」

「何処が面白いんだ？」

「御殿場会議の時も、陰の仕掛人は、その西尾隆一郎だといわれたんだよ」

「なるほどね。財界人と学者は、どういう人間たちなんだ？」

と、十津川は、きいた。

「政治的発言の多い人たちだよ。財界人の方は、そのせいか、政治家への政治献金が図抜けて多い。学者の方は、野心家ばかりでね。自分の政治哲学を政治家になって、実行したがっている」

「強い日本が目標か？」

「それに、戦後日本の堕落した政治、社会、教育などの清算だ。殊に、政治学者の古田教授は、過激で通っている。憲法を改正し、世界二位の大国にふさわしい軍隊を持つ。徴兵制を施行する。それを実現するために、政界入りを希望しているといわれている。K工業社長の大河内も写っているが、彼は、財務大臣になりたいといったことがある」

「そうすると、首相は西尾隆一郎がなるのかな？」

「いや、西尾は、あくまでも、裏に廻って、日本を動かすつもりだろう。君の写真の中に、若手で威勢のいい小松憲夫という代議士がいた。西尾の子分だ」

「前にテレビの政治討論会で見たことがある。歯切れのいい喋《しゃべ》り方だった。私は、彼の考えには賛成できないが、人を魅《ひ》きつけるところがあるね」

「西尾は常に、政界の世代交代を唱えているから、四十九歳の小松憲夫を首相にしたいんじゃないかな」

「しかし、実質的には、西尾の院政が狙いなんだろう?」

「そりゃあ、そうだ」

「佐々木はどうなんだ? NSSの理事長で、西尾の子分といわれているが」

と、十津川は、きいた。

「佐々木という人は、政治的な手腕より、組織作りの事務的才能に秀《すぐ》れているんだ。だから、西尾は、彼をNSSの初代の理事長に推薦したんだと思うよ」

田島は、いった。

十津川はじっと、考えていたが、

「シャドーだな」

と、呟《つぶ》やいた。

「何のことだ?」

「シャドー・キャビネットだよ」

「影の内閣か」

「西尾は、今の首相や閣僚にはあき足らず、自分の気に入る影の内閣を考えているんだと思うね」

と、十津川はいった。

「普通、シャドー・キャビネットというのは、野党が作るものだ。選挙で、野党が勝利しない限り権力は移らないが、今回のシャドー・キャビネットは、いつでも、現在の政府に取って代れるし、権力も、簡単に移ってしまう。それだけに、怖いな」

田島は真面目にいった。

「しかし、簡単には、今の政府に取って代りはしないだろう？　世論というものもあるからね」

「そうだが、影の内閣が、力を持つ理由があれば別だよ」

と、田島はいった。

「力を持つ理由？」

「そうだ、そんな力を西尾たちは持っているかな」

十津川はじっと、宙を見すえていたが、

「秘密だ」

と、呟やいた。

「ヒミツ？」

「NSSが何をやっているか知っているかい？」

「危機管理の研究と、将来の国民総背番号制へのプログラムの作成じゃないのか。どちらも、現代の日本に必要なものだといわれている」

「実際にやっているのは、盗聴と、監視カメラを使っての国民の監視だ」

「それは、噂じゃないのか？」

「いや、事実だよ。現に私も、ひそかに、ナンバーをつけられ、盗聴と監視によって、私の全てが、知られてしまっている。多分、ＮＳＳは、東京に住む全ての政治家や財界人、学者などにも、ナンバーをつけ、調べつくしていると思っている。個人の秘密の全てをだ。それを、利用すれば、政治家や財界人、学者を脅して、自分の意のままに動かすことも可能だろう。今の首相を始め、閣僚を辞任させ、影の内閣が、それに代ることだって、出来るんじゃないのか？　そして、自分たちに歯向ってくる者も、その秘密をタネに脅して、叩《たた》き潰《つぶ》すことだって出来る筈《はず》だ」

と、十津川はいった。

「それは君の妄想じゃないのか？」

「そうならいいと思うがね。ＮＳＳはすでに、東京を制覇して名古屋、大阪と、太平洋ベルト地帯の大都市に、支社を設け、盗聴と監視の輪を、広げようとしているんだ。恐らく、将来、全国民の秘密を握ることになると思うね」

「まさか――」

「全国民が、盗聴と監視をされる事態になると、犯罪は間違いなく、減少するね。犯罪をやっても、忽《たちま》ち逮捕されてしまうし、犯罪の予防も出来る。秘密を、全てＮＳＳに握られてしまうからだ。例えば殺人をやった犯人が、恋人や仲間に電話すればすぐ逮捕されるんだ」

「まさかね」

「いや、連中は、われわれ警察を使って、それを試しているんだ」

と、十津川はいった。

「まるで、警察国家じゃないか」

「いや、警察は、道具として使われるだけだ。警察はNSSにコントロールされ、そのNSSの上に、影の内閣がいる。そういう国家だ」

「どうも、俄《にわ》かには信じがたいな」

と、田島は、いった。

しかし、その三日後、一つの事件が起きた。

今の政府で、防衛庁長官を務める塩田国夫が突然辞任し、後任に十津川が、西尾の別荘で撮った写真の中にいた若手の代議士、篠田了介が推されたのである。

塩田の辞任の理由は、ひどく、あいまいなものだった。

「最近、身体の調子が悪く、防衛庁長官の激務に耐えられない」

と、いうものだった。

しかし、六十歳の塩田は、半月前、人間ドックで検診を受け、「四十代の肉体だといわれたよ」と、自慢していたのである。

それが、突然の辞任だった。

田島が、病院に会いに来た。

「あのニュースのことだが」

と、田島は会うなり、いきなり、十津川に、いった。

「塩田防衛庁長官の辞任のことだろう」

「ああ、あんなに張り切っていた塩田長官の突然の辞任の理由が、何処《どこ》の社でもつかめずに困っているんだ。病弱で、防衛庁長官の激務に耐えられないのでという辞任の言葉など、誰も信じていないんだ」

「そうだろうな」

「考えられるのは、脅迫なんだが、どんな脅迫を受けたのか、全くわからないんだ。といって、塩田の身辺を、探りまくるのもね。大臣をやめた人間は、もう何のニュースバリューもないからな」

「塩田は、政界から引退するとも、聞いたんだが」

「だから、余計、わけが、わからないんだよ」

「篠田新長官の噂はどうなんだ？」

と、十津川が、きいた。

「首相は単純にこれで、内閣は大幅に若がえったとご機嫌だがね。私は、西尾隆一郎の強力な後押しがあったと思っているが、わからないのは、他の派閥のリーダーたちが、反対らしい反対をしてないことなんだ。いつもなら、一つの大臣の椅子をめぐって、派閥間の綱引きがあるのにだよ」

田島は怒ったように、いう。

「あと一つか二つだな」

と、十津川が、いった。

「何のことだ？」

「一つの大臣の首がすげかえられただけでは、これに、NSSや西尾隆一郎が、関係していると、断定は無理だ。ただ、あと一つか二つ、同じようなことが起きれば、私は、確信を持てるんだ」

「同感だ。ところで君はなぜ、この病院にいるんだ？」

と、田島が、きいた。

「入院している亀井刑事の退院を待っている。それに、二人の女性を、ここでガードしたい」

と、十津川はいった。

「この間、連れて来た女性か」

「もう一人、江端尚子という女性がいる。彼女はNSSで働いていた」

「どうして、君の部下に頼んで、守らないんだ。何よりも、警視庁へ連れて行って、保護すれば、一番安心じゃないか」

「二人の刑事が、来てくれているよ。もう一つ、私は、君も知ってるように、NSSのビルに忍び込んだ。それに、NSSの顧問弁護士は、私が、NSSの女性社員、江端尚子を誘拐したと告訴している。彼女を連れて、今、警視庁に戻るわけにはいかないんだ」

と、十津川はいった。

「面白いな」

「何が?」

「刑事が、守勢に立たされているみたいだからだよ」

と、田島は、いった。

十津川は迷わずに、

「その通りなんだ。こんなことは、初めてだよ。ただ、私とNSSの立場は一瞬にして、逆転することもあると、確信している」

と、いった。

また、そうなる筈だとも、思っていた。

十津川と二人の刑事は病院の近くに泊り込み、同じホテルに、千秋と、江端尚子も泊っていた。

その上で、交代で病院にいる亀井のガードをした。

十津川はＮＳＳが再び亀井を襲い、尚子を奪い去る危険があると考えていたのだが、なぜか、彼等は、襲って来なかったし、何もして来なかった。

十津川たちを甘く見ているのか、それとも、他に何か用件があるのかも、わからなかった。

十津川は亀井が、全快するのを待ちこがれていた。

今の十津川が、何よりも必要としているのは、亀井の力だった。ただ、亀井に無理はさせたくなかったのだ。

田島が、今度は十津川の泊っているホテルに訪ねて来た。

「電話でも良かったんだが、君が、電話は盗聴されているというから、こうして会いに来た」

と、田島はいった。

「私の携帯は完全に盗聴されている。これは間違いないんだ。あとは、わからない。連中が、私一人に、目標を定めたら、彼等が何処まで、私のことを調べることが出来るんだろうか。例えば、私が、キャッシュカードで、一万円おろしたら、そのことが、すぐ、連中はわかってしまうのか。私のまわりの電話は、全て盗聴されているのか。イエスかも知れないし、ノーかも知れない」

と、十津川はいってから、

「それで今日は何の用だ？」

と、きいた。

「今、一つの噂が流れているんだ。財務大臣の小田島が、辞任するという噂だ。それに、事務次官の横沢もだ」

と、田島はいう。

「二人もか？」

「あの二人は、一心同体で、一緒になって、緊縮財政を推し進めてきた。もし、小田島大臣が、辞めれば、横沢事務次官も、辞めることになるだろうというんだ」

「大臣が辞めるだろうという噂の根拠は、何なんだ？」

十津川がきいた。

「最近の大臣の様子が、おかしいんだ。記者の質問に対して、トンチンカンな返事をして、あわてて、訂正したりする。小田島はミスターパーフェクトと呼ばれるくらい、間違えることのない人間なんだよ」

「なるほどね」

「それに今までは、国会答弁でも、記者団への説明でも、自信満々だったのに、ここへ来て、妙におどおどしている。このままでは、更迭《こうてつ》問題が出かねない。今の日本で一番大事なのは、財政問題で、その担当大臣がぐらついているんだからね」

と、田島は、いった。

十津川の表情が、険しくなった。

（今度は、財務大臣の辞任なのか？）

それにNSSや西尾隆一郎が、関係しているのだろうか？

「しかし、まだ、財務大臣が辞めるかどうかは、わからないんだろう？」

「ああ、まだ不明だ」

と、田島は、いった。

翌日の夕刊を見て、十津川は目をむいた。


〈小田島財務大臣自殺！〉


という大きな活字が、一面に躍っていたからである。

その夕刊を、十津川は、病室で見た。

「何かありましたか？」

と、亀井が、きく。十津川は、黙って新聞を渡した。

亀井も、見て、

「今度は、財務大臣ですか」

「だが、まだNSSの仕業かどうかはわからん」

十津川は、慎重にいった。

田島が、やって来た。十津川は、彼を迎えて、

「そろそろ、君が現われるだろうと、思っていたんだ」

と、いった。

田島が、詳しい説明をしてくれた。

「今朝早く、奥さんが発見したんだ。大臣は、パジャマ姿で、二階のカモイに、首を吊って死んでいたという」

「自殺は間違いないのか？」

「ああ、遺書が、見つかっている」

「夕刊には、出ていなかったが」

「ああ、夕刊の締切りあとで、見つかったからね。それには、私の進めた財政政策のため、日本の経済を危機に落し入れたことを、死んでお詫びすると書いてあった」

「それ、間違いないのか？」

「官房長官が、その一部を、記者団に見せているから、間違いないよ。他に奥さんや、子供への遺書も見つかっているが、この方は、発表されない」

と、田島はいった。

「それで後継者は？」

十津川が、きく。

「首相は、なるべく早く決めたいといっている」

田島は、自分の携帯を取り出し、デスクと話し合っていたが、

「どうやら、永井実に決まりそうだ」

と、いった。

「例のシャドー・キャビネットに名前がある政治家か？」

「間違いなく、君の撮った写真に入っている。これも四十代の若手だ」

と、田島はいった。

「永井というのは、どんな政策の持主なんだ？」

「積極財政だね。特に、この混乱の時代だから、我が国の平和を守るために、軍備を拡大しろといっている。防衛なくして平和なしが、彼の持論だよ」

と、田島は、いってから、

「横沢事務次官も、辞表を提出したそうだよ」

「君のいう通りになりそうだね」

「横沢事務次官は、大臣と一緒に、緊縮財政を推し進めて来たんだ。その大臣が、自分の

政策は間違っていたといって、自殺してしまった。そうなれば、事務次官の横沢さんだって、辞めざるを得ないさ」

田島は突き放したいい方をした。

「それで、小田島大臣の自殺は、どう受け取られているんです？」

と、亀井が、きいた。

「積極財政を唱えている人たちは、歓迎していますよ。政治家も、財界人もね。当然ですが」

と、田島はいった。

「しかし、首相は、緊縮財政の推進論者だろう。今後の政策はどうなるんだ？」

「問題はそこだよ」

と、田島は肯《うなず》いて、

「今も首相は、緊縮財政堅持の方針を変えていないのだから、首相は、永井の入閣には反対するだろう。もし、受け入れても、永井に考えを変えるように、命令するだろうね」

「今、力関係はどうなんだ？」

十津川が、きいた。

「首相支持の声は強いが、政界というところは一寸先は闇だしね。それに、この不景気だ。誰もが、少しでも、景気のいい話を聞きたがっている。今、一人の政治家が、こうすれば、景気が良くなると叫んだら、首相支持の世論は、この政治家の支持に廻ってしまうかも知れないんだ」

と、田島は、いった。

「そうだな。少くとも、リストラされて仕事を探している人たちや金繰りに追われている中小企業の人たちは、景気のいい話の方を、支持するだろうね」

「今の政府の閣僚の中にだって、財政方針について、首相の緊縮財政堅持に反対している者が、何人かいるよ」

と、田島はいった。

その後、新しい財務大臣には、永井実が、就任した。

永井も、篠田了介と同じように若い。

記者会見で、永井は、殊勝に、

「首相と、よく相談して、これからの財政方針を決めていきたいと思っています」

と、いった。

その記者会見を、十津川は、亀井と病室のテレビで見ていたのだが、

「私は、今の政府の方針が、変ろうと、変るまいと、正直にいえば、どうでもいいんだ。それは、政府の問題であって、警察の問題じゃない。私が、我慢ならないのは、一人の野心家、一つの組織によって、政府の方針が変えられることだ。これを見逃がせば、われわ

れ警察の方針だって、いつ、彼等によって、変えられてしまうかわからない。そんなことを許すわけにはいかないよ」

と、十津川はいった。

「今ですね。NSSの力が、これ以上大きくならないうちに、何とか叩き潰さないと、大変なことになります」

亀井も、怒りをあらわにして、いった。

その時、病室にいた千秋は、

「もう、叩き潰せないほど、巨大になってしまったんじゃないんですか？」

と、不安を口にした。

「確かに、その不安はある」

と、十津川は肯いてから、

「ただ一つ、われわれにも、有利な点がある」

「何があるの？」

「彼等が、影の存在である間は、対抗するのは難しかった。何しろ、相手は影だからね。ここへ来て、彼等は、姿を現わしてきたんだ。新しく防衛庁長官になった篠田、今度、財務大臣に就任する永井、それに、他の影の内閣の面々が、姿を現わしたんだ。連中は、はっきりと姿が見えるから、戦いやすい。NSSが成功したので、西尾隆一郎たちが、いよいよ、姿を現わしたんだよ」

「それで、私たちは、どう有利になると、思ってるの？」

と、千秋が、きいた。

「それは間もなくわかるよ」

と、十津川は、いった。

その夜おそく、病院に、本多捜査一課長が訪ねてきた。

それは、十津川が、待っていたものだった。

だが、十津川は、本多に向って、

「私も、亀井刑事も、ＮＳＳから訴えられている人間ですよ。会いに来るのは、まずいんじゃありませんか？」

と、皮肉を、いった。

本多は、苦笑して、

「だから、三上部長には、内緒で来たんだ。いえば反対されるからな」

「それで、何のご用ですか？」

十津川が、きくと、本多はちらりと、千秋を見て、

「彼女は？」

「大丈夫です。信頼できます」

「そうか」

と、本多は、肯いてから、

「先日、自殺した財務大臣の小田島さんのことなんだがね」

「ええ」

「実は、奥さんの啓子さんと私は、古い知り合いなんだ。彼女は、今日、私を訪ねて来てね。どうしても、自殺の原因が、理解できないと、いってるんだ。公表された遺書には、自分の財政方針が間違っていたと書いてあるが、その遺書は、おかしいというんだ。前日の夕食のときも、小田島さんは、自信満々で、今、自分が取っている方針が、唯一、日本を現在の苦境から救い出す道だと、いっていたというんだよ」

「奥さんへの遺書には、どんなことが書いてあったんですか？」

「彼女が持って来てくれた。これが、その遺書だ」

本多が、「啓子へ」と書かれた封筒を、十津川に渡した。

十津川は、中から一枚の便箋《びんせん》を取り出した。

〈申しわけない。今の私には、それしか、書けないのだ。

一つお願いがある。私のことは調べないで欲しい。それだけを頼んでおきたい〉

「だから、余計、小田島さんが自殺した理由を調べて欲しいんだと、啓子さんは、いっている」

と、本多は、いった。

「わかります」

「三上部長に、伝えても、政治問題に介入するなといわれるに決っている。だから、君に頼みに来た。君なら、やってくれると思ってね」

「やりますが、一つだけ条件があります」

と、十津川は、いった。

「しかし、手助けは、出来んぞ」

「防衛庁長官を辞めた塩田さんのことも、調べさせて欲しいんです」

「しかし、塩田さんは自殺していないぞ」

「でも、この二つの事件には、関係があると、私は考えているのです」

「小田島さんと塩田さんの間に、どんな関係があるんだ？」

本多一課長が、きいた。

「それを、私も見つけたいと、思っています。とにかく、塩田さんのことを調べることを了解して下さい」

「わかった。私が、駄目だといっても、君は、やるだろうからな」

本多は、いった。

「頼んだぞ」

と、いって、本多が、帰ろうとするのへ、

「一つお聞きしたいことがあるんですが」

と、十津川が、声をかけた。

「なんだ？」

「課長にも、人に知られたくないこととか、秘密にしていることが、ありますか？」

「私だって、この年齢《とし》まで生きて来たんだ。そんな秘密の一つや二つは、持ってるさ」

「ある日、突然、手紙なり、電話なりが、課長にあると思います。お前の秘密を知っている。それを、バラされたくなければ、いうことを聞けとです」

「まるで、予言者みたいなことをいうんだな」

「その時、とにかく、私に知らせて下さい。お願いしておきます」

と、十津川は、いった。

「よくわからんが、心にとめておくよ」

と、本多はいって帰って行った。

三人だけになると、十津川は、ポケットから、マイクロレコーダーを取り出した。再生ボタンを押した。

十津川と本多一課長の会話が、はっきりと、聞くことが出来た。

「良かった。録音できていた」

と、十津川が、呟やいた。

「呆《あき》れた。上役の人の言葉が、信用できないの」

と、千秋が、いう。

「そうだよ。今回の事件では、私は、自分が常に、危険にさらされていると感じている。私だけじゃない。君も、亀井刑事もだ。相手は刑事だって、平気で殺す人間であり、組織だ。しかも、金のためではなく、日本のためだと固く信じている。彼らは本多一課長の秘密を握って、平気で脅しをかけてくるだろう。そのため、課長は、私に、小田島さんのことを調べろと頼んだことはないというかも知れない。そうなったら、私たちは、完全に孤立無援になってしまう」

と十津川は、いった。

「それで、上役との会話を録音したのね」

「まあ、これは保険みたいなものだよ」

と、十津川は、いった。

亀井は、ベッドから起き上ってきた。

「これから、どうしますか？　私は、もう大丈夫です。何でもやれますよ」

と、亀井はぐるぐる腕を廻して見せた。

十津川は、微笑してから、

「小田島さんの自殺については、奥さんが、疑いを持っているのがわかった。私たちの見たとおり、財政方針の誤りなんかじゃないんだ」

「と、いうことは、NSSの脅しということですか?」

「NSSは、西尾隆一郎の命令と、理事長の佐々木の指示で、小田島大臣のプライバシーを調べたんだ。もちろん、他の関係もね。小田島の電話を盗聴し、監視カメラを使っての絶えざる監視、それに、彼は、ホームページを開いていたから、彼のパソコンにもアクセスして、情報を盗んでいたかも知れない。そして、NSSは、小田島の秘密をつかんだんだ。それも、彼の命取りになりかねない秘密だった」

「それを使って、NSSは、小田島を追いつめたんですね」

「そうだ」

「でも、それが何なのかわからないと、戦えないわ」

と、千秋が、いった。

「わかってる。何とかして、見つけ出す」

「向うは、盗聴技術を持ってるし、監視カメラもあるし、何よりも、巨大な組織を持ってるわ。それに比べて、私たちは、何も持ってないけど、本当に戦えるの?」

「ああ、戦えるさ」

と、十津川は、いった。

「計画を聞かせて」

「私と亀井刑事が、小田島の自殺の真相を調べる。君は、塩田のことを調べてくれ。それも、深くでなくていい。塩田の略歴、友人、知人関係だけでいい」

と、十津川は、千秋に、いった。

翌日、十津川は、全快した亀井と二人、レンタカーで、戦いに出発した。

まず、中央新聞の田島に会った。

「自殺した小田島のことを、何でもいいから知りたいんだ」

と、十津川は、田島に、いった。

「何をしようとしてるんだ？」

田島は、興味津々《きょうみしんしん》の顔で、きく。

「それは、知らない方がいい」

「どうして？」

「君が、危険な目にあう恐れがある」

「君自身は、どうなんだ？」

「私は刑事だ。危険は日常だ」

と、十津川が、笑うと、田島は、

「記者だって、時には、危険を承知で、飛び込むものだよ。現に私の友人は、アフガンの取材で、亡くなっている」

と、いった。

「じゃあ、話してもいいだろう」

十津川は、小田島の妻、啓子のことを話した。

田島は肯いて、

「奥さんが、自殺に疑問を持ったとしても、不思議はないな。それで、警視庁は捜査に動くことになったのか？」

「いや。警視庁は動かない。動くのは、私たち二人と、フリーライターの女性が一人だけだ」

「三人だけか？」

「だから、危険だといっているんだよ。相手は、権力と組織を持っている」

と、十津川は、いった。

「西尾隆一郎とNSSか」

「そんなところだ」

「相手にとって不足なしだな」

と、田島は、笑ってから、

「それで、小田島の何を知りたい？」

第12章　秘密

前財務大臣の小田島が、財政政策の失敗を苦にして、自殺したとは十津川は、信じていない。

確かに今は不景気で会社の倒産が相つぎ、失業者も増加しているが、その責任は、今までの歴代の内閣にある。今の内閣は半年前に出来たばかりで、政策の実行はこれからなのだ。

だから、十津川は、ＮＳＳが小田島の秘密を握り、それをバラすと脅して、自殺に追いやったのだと、信じている。

だから、その秘密を見つけ出したいと、十津川は亀井と小田島の関係者に会って、聞き込みを続けたのだが、いっこうに、探している秘密が見つからなかった。

それも、当然かも知れない。小田島が必死になって、守ってきた秘密なのだ。妻の啓子さえ知らなかった秘密を、聞き込みで明らかにするのが難しいとしても不思議はないのかも知れない。

「これ以上、小田島の友人、知人に会っても、問題の秘密はわからないような気がします。何しろ、奥さんも、知らなかったんですから」

亀井が思案顔で、いった。

十津川は肯いたあとで、

「しかし、NSSは、小田島の秘密を嗅《か》ぎつけたんだ」

「それはあらゆる手段を使って、探ったからですよ。盗聴、監視、その他だと思います」

「それを逆手に取ってみようじゃないか」

と、十津川は、いった。

「具体的にどうされるつもりですか？」

「まず、奥さんに会おう」

二人は、小田島邸に行き、啓子に会った。

「ご主人が、演説したテープは残っていますか？」

と、十津川がきくと、啓子は、

「選挙の時の演説や大臣になってからの国会答弁などは、全部、ビデオに録《と》ってあります」

と、いい、二十本近いビデオを見せてくれた。

十津川は、その一本をその場で、再生して見てみた。

それは、予算委員会で答弁しているものと、テレビ討論会で、喋っているものだった。

「ご主人は、特徴のある声をなさっているんですね」

十津川が、いうと、啓子は微笑して、

「ええ。主人は悪声だと気にしていたみたいですけど」

「いや、いい声ですよ」

と、十津川はいった。

十津川は、二十本のビデオの中から、最近のものを二本借りることにした。

十津川は、それを、江端尚子に、聞かせることにした。

「君は、NSSで、盗聴テープを、何本も聞かされた。その中にこの人の声を聞いたことはないかな」

十津川は、わざと、名前を伏せて、小田島の声を聞かせた。

尚子は、眼を閉じて、じっと聞いていたが、急にニッコリして、

「この声ははっきり覚えています」

十津川はほっとしながら、

「この声を何回ぐらい聞いたか覚えていますか?」

「何回も、何回も聞きましたよ。聞かされたといった方が正しいかな」

「この声の主の名前は聞いていました?」

「いいえ。私たちはいつも、声を聞かされるだけで、名前は、教えられませんでした。テ

ープを何本も聞かされて、その中の声が、同一人かどうかだけ答えさせられたんです」

と、尚子はいった。

「この声を何本も聞かされたということだけで、そのテープが、どんなものだったか、覚えていますか？」

「ええ。記憶力はいい方なんです」

と、尚子は、いった。

「じゃあ、君が思い出すことを順番はどうでもいいから、話して下さい」

と、十津川は、いった。

尚子が、話し出した。

尚子は、まず男と女の会話のテープについて、喋り始めた。

男は、小田島であり、女は妻の啓子とすぐわかるものだった。

十津川が、驚いたのは、尚子が細かい会話まで、はっきりと覚えていることだった。

すごい記憶力だった。

しかし、小田島夫婦の会話は、十津川の探している秘密には、繋《つな》がっていかなかった。

尚子は、自分の聞いたテープについて、次から次へと喋っていく。

十津川と亀井が、眼を閉じて、聞く。

途中で、尚子の疲労を考えて、ひと休みする。

二十分休んで、再開した。

尚子は、相変らず素晴しい記憶力で、NSSで聞いたテープの内容を話していく。

「今度は、彼が、携帯を使って、話しています」

と、尚子が、いった。

「携帯の声は違って聞こえるの？」

「ええ、微妙に違いますから」

「続けて」

「相手は老人の声でした。六十歳から七十歳の間くらいだと思います」

と、尚子は断ってから、その二人のやり取りを話していく。

「今月分が、まだ、着いていない」

と、老人が、いう。

「昨日、振り込んだから、今日中には、そっちに着く筈だ」

それは、小田島の声だと、尚子はいう。

「それならいい」

「約束は守ってくれるんだろうね。これからもだ」

「ああ。おれは約束を守る人間だ。ただ、この町も不景気でね」

「それで？」

「孫のあけみのことは覚えてるだろう？」

「ああ。彼女が、どうかしたのか？」

「勤めていた水産会社がつぶれてね」

「それは、気の毒だが――」

「ところで、あんたは、今度大臣になったんだってな」

「そうだが」

「それなら、孫のあけみのことを何とかしてくれないか。孫は、毎月十七万円を貰っていた」

「つまり、来月から、十七万円余計に送れということかね？」

「そうしてくれると、私の口も、一層固くなると思うよ」

「分かった。来月から十七万余計に送金する」

それで、この電話は切れたと、尚子はいった。

十津川は、亀井と顔を見合せた。亀井は眼を光らせて、

「それが、小田島の抱えていた秘密じゃありませんか」

「私も、そう思う。しかし、どんな秘密か分からん」

と、十津川は、口惜しそうに、いった。

「小田島は、毎月、誰かに金を送っていたことは、間違いありません。もう一度、奥さん

に会ってみたら、どうでしょう?」

「しかし、奥さんは、何も知らないといっているんだ」

「そうですが、毎月、預金が減っているかどうか、調べてくれるんじゃありませんか」

と、亀井は、いった。

二人は、再び、啓子に会った。

「主人が毎月、何処かへ送金していたなんて、知りません」

と、啓子はいった。

「ご主人は、ご自分のキャッシュカードを持っていましたか?」

「ええ」

と、啓子は肯き、そのカードを見せてくれた。

M銀行のキャッシュカードである。亀井がすぐ、M銀行に電話をかけたが、

「小田島さんは月に、三百万から五百万しかおろしていないそうです。これは、代議士さんとしての必要経費としか思われません」

と、十津川にいった。

「ご主人が、誰かに脅迫されていたということはありませんか?」

と、十津川はきいた。

「そんなことは、なかったと思います。大臣になってから、強い調子の要望書が、FAX

で届いたりしていましたけど、それは、脅迫ともいえませんし――」

と、啓子はいった。

結局、小田島が誰に金を払っていたのかわからず、十津川と亀井は、小田島邸をあとにした。

ホテルに戻ると、尚子から、テープを渡された。

二人がいない間も、彼女は、自分が聞いたテープの声を、思い出すままに、吹き込んでいてくれたのである。

十津川と亀井は、そのテープに耳を傾けた。

十津川が、マークしている西尾隆一郎との電話もあった。その中で、小田島は、相手を、「西尾さん」と、丁寧にいい、西尾の方は、

「君の手腕に期待しているんだ。日本経済の再建は、君の肩にかかっているから頑張ってくれ。私も陰ながら応援する」

と、歯の浮くような励まし方をしていた。

他の会話も聞いていくと、十津川が、引っかかるものもあった。

「早見さん。今月も例の件よろしく、お願いします」

と、小田島が、誰かに電話をかけている。

「大丈夫です。今まで通り、きちんと、処理しましたよ。今日の日付で処理しています。

それより、大臣になって、大変でしょう。こんな時期ですから、日本のために、頑張って下さい。みんな先生に期待しているんですから」

と、相手が、いう。

「面倒なことをお願いしていますが、よろしくお願いします」

「先生は、郷里の誇りなんですから、頑張って、総理にまで、なって頂きたいと思います」

それで、会話は、終っている。

何処か、毎月、金を送っているということで、前の脅迫らしき会話と、共通するものを、十津川は感じた。

十津川は、この短かい会話が、間違いないかどうか、尚子に確認した。

「ここに早見さんという名前があるんですが、この名前、間違いありませんか?」

「ええ。私の知り合いに早見という人がいるんですよ。最初、テープを聞いた時、その早見さんかと思ったんですけど、こちらの早見さんの方が、声が半音高いんで別人だとわかりました。だから、早見という名前に間違いありません」

と、尚子は、いった。

「小田島の郷里は、何処だったかな?」

十津川は、呟やいてから自分の携帯を取り出した。

亀井が、心配して、

「警部の携帯は盗聴されているかも知れませんよ」

「わかってる。少し、連中を脅してやろうと思ってね。守勢に立たされてばかりいるのが、バカらしくなったんだよ」

「いいですね。連中を少し、あわてさせてやりましょう」

と、亀井が、微笑した。

「しかし、こっちも危くなるぞ」

「その覚悟は出来ています。第一、もう危険な目にあっています」

十津川は、啓子に電話をかけた。

「亡くなったご主人の郷里を教えて下さい」

「郷里は、島根県の松江ですけど」

と、啓子がいう。

「当然、選挙区も島根ですね？」

「はい。それが、何か？」

「早見という方をご存知ですか？」

「主人の後援会の方です。大切な方ですわ」

「やはり、島根の方ですね？」

「ええ。松江にお住まいです」

「わかりました。ありがとうございます」

礼をいって、電話を切ると、十津川は亀井に、

「すぐ、松江に飛ぼう」

と、いった。

二人は羽田に急ぎ、一五時三〇分発の出雲《いずも》行のJAS277便に乗った。

一七時〇〇分、出雲空港着。ここは、新しく改造された空港である。

ロビーに入った途端に、十津川の携帯が鳴った。が、彼が出ると、すぐ切れてしまった。

二人が、空港のタクシーのりばから、タクシーに乗り込むと、また、十津川の携帯が鳴った。

彼が出ると、また切れてしまった。

「何なんですかね？」

と、亀井がきく。十津川は、笑った。

「連中が、私の動きを調べているのさ」

「じゃあ、警部が、小田島啓子さんにかけた電話は、盗聴されていたということですね」

「そう思うよ。連中が、衛星を使って、監視しているとしたら、私が、ここに来たことは、もうわかってしまった筈だ」

と、十津川は、いった。

二人を乗せたタクシーは、松江に向った。

松江市内に入ると、多くのビルに、「早見ビル」の名前がついているのが、目についた。どうやら、早見というのは、沢山のビルを持っているらしい。

JR松江駅前には「早見エンタープライズ」の事務所があった。

二人の刑事は、そこで、社長の早見に会った。
六十五、六歳の小太りの男である。細い眼で、十津川たちを見て、
「刑事さんが、何のご用でしょうか？」

「亡くなった小田島さんのことで、お聞きしたいと思いましてね。確か、後援会をやっておられると聞きましたが」

「島根の後援会の会長をやらせて頂いていましたが、残念ながら、先生は亡くなられてしまいましてね」

と、早見は、いう。

「それで、今度は、辻井さんの後援会ですか」

十津川は、早見の背後にかかっているパネルに眼をやった。同じ島根県出身で、参議院議員の辻井明の写真である。

「われわれも、政治家の先生とコネを持っていないと、いろいろと、安心が出来ませんので」

と、早見は、いった。

「辻井さんは、確か、西尾隆一郎さんの派閥ですね」

「そうでしたか」

と、早見は、とぼけた。

「それで、小田島さんのことですが、毎月、あなたに、何か頼んでいませんでしたか? 例えば誰かに、金を送ってくれとかですがね」

と、十津川がいった。

「いや、そんなことを、小田島先生に頼まれたことは一度もありませんよ」

「早見さんは、小田島さんの政治献金についても、島根地区の責任者になっていたんじゃありませんか?」

「どうして、そんなことを?」

「小田島さんは、内緒で、誰かに毎月、送金していたと思われるのです。しかし、小田島名義の預金からは下《おろ》された形跡がない。と、すると、政治献金の中から、送金していたということが、考えられるのですよ」

「私は、そんなことは全くの初耳です。第一、政治献金を預っていることもありません。私は、後援会員の一人でしかありません。会長といっても、何の力もありませんでした」

「口止めされましたか?」

「何のことです？」

「小田島さんは、秘密を持っていて、それをつかんだグループに、自殺に追いやられたんです。その連中が、今度は、あなたに口止めしたんじゃありませんか。あなたが、小田島さんに頼まれて、誰に毎月、お金を送っていたか、それを教えて頂きたいんですがね」

「何もありませんよ」

「困りましたね」

十津川は警察手帳を取り出して、早見の前に置いた。

「何ですか？　それは」

「正直に話してくれないと、あなたを逮捕することになるかも知れないということです」

十津川が脅すと、なぜか急に早見はニヤニヤ笑い出した。

十津川は険しい表情になって、

「なるほどね。連中から連絡がありましたか。間もなく、東京の刑事二人が行くが、われわれの力の前では、ハリコの虎だから恐れることはないと」

と、いうと、早見の表情が、変った。

亀井が、顔を突き出すと、拳銃を取り出した。

「いいか。おれは、あの連中に殺されかけたんだ。まだその時の傷が、身体に残っている。今度、会ったら、おれは連中を一人残らず射殺してやる気なんだ。連中に味方する者も、容赦はしない。射殺する！」

亀井が、脅かすと早見は顔を青くして、

「あなた方は、いやしくも、法を守る刑事じゃありませんか」

「刑事の前に人間でね。むちゃくちゃに腹が立つことだってある。今がその時なんだ」

亀井は、拳銃を手に取り、弾倉を音を立てて、はめ直した。

「どうなんですか？」

と、十津川が、声を落して、きいた。

「何がですか？」

と、早見が、声をふるわせた。

「小田島さんに頼まれて、誰に送金していたんですか？」

「三朝《みささ》温泉のZ旅館。そこの足立徳太郎という人あてです」

「三朝？　鳥取県の？」

「ええ」

「この島根の人じゃないんですか？」

「前は、島根に住んでいたそうです」

「毎月、いくら送金していたんですか？」

「百万円。いや最近は、百十七万円でした」

「理由は、知っていますか？　なぜ小田島さんが、送金していたか？」

「何でも、学生時代に、夏休みに帰郷した時、交通事故を起こしたとかいってましたよ」

「学生時代にね」

「それなら、もう時効になってる筈だ」

亀井が、大声を出した。

「だが、傷としては、残っているよ。特に政治家にとっては大きな傷だ。小田島が、必死になって、隠そうとしたとしても、おかしくはない」

と、十津川はいった。

「どんな事件だったのか、詳細を知りたいですね」

「三朝へ行こう」

と、十津川はいった。

早見に向っては、

「連中に対しては、刑事が二人来たが何も喋らずに追い返したといった方がいいですよ。もし、あなたが口が軽いと思われたら、連中は、容赦なくあなたを抹殺しますからね」

と、脅しておいて、亀井と外に出た。

携帯を、平山千秋にかける。

「松江に来てるんだが、会う相手の口が固くてね。何もわからないんだ。仕方がないので、これから帰京する」

十津川は、携帯を亀井に渡して、

「カメさんは、これを持って、出雲空港から、帰京してくれ」

「わかりましたが、警部は一人で大丈夫ですか？」

「私は、もう四十歳だよ」

と、十津川は笑い、松江駅で、わかれた。

亀井は、タクシーで、出雲空港に向い、十津川は、山陰本線で倉吉《くらよし》に向った。

倉吉は、古い町である。着くとすぐ、タクシーを拾って、三朝温泉に向った。

三朝川の両岸に並ぶ温泉街だが、河原には、露天風呂があって、老人が二人、のんびりと入っていた。

問題のZ旅館は、大きなホテルが並ぶ中では、小さかった。部屋も、せいぜい七、八ぐらいのものだろう。

うす暗い玄関に入って、声をかけると、二十二、三歳の女性が、出て来た。

「足立徳太郎さんに、お会いしたいんだが」

と、十津川が告げると、

「おじいちゃんに、ご用なんですか」

といい、娘は、奥へ案内してくれた。

奥の座敷で会ったのは七十歳くらいの男だった。

黒っぽい作務衣《さむえ》姿で、

「何の用です？」

と、無愛想にきく。

十津川が、警察手帳を見せずに、

「小田島さんのことで」

と、いうと、眉《まゆ》をひそめて、

「また、そのことかね」

「前にも、同じことを聞きに来た人がいたんですか？」

「何でも、政府の監査機関とかいっていた。内閣が代ると、新しい大臣や政務次官が、果して、その椅子にふさわしい人物かどうか、調査しているんだといっていたよ。そして、小田島さんのことを聞かれた。もう、あの事故のことは、知っているみたいだった」

と、足立は、いう。

「どんな事故だったんですか？」

「あなたも、政府の監査機関の人間かね？」

「そうです。前の監査に疑問が生れたので、改めて伺ったんです」

「しかし、私は、本当のことを、話したんだよ。もう、時効だし、小田島さんが、大臣を辞めることには、絶対にならないというので話したんだ。それが、自殺してしまって、びっくりしてるんだよ」

「どんな事故だったのか教えて下さい」

「私らが、まだ、松江に住んでいる時だよ。息子夫婦が、二歳の長男を連れて、車で、宍《しん》道湖《じ》へ遊びに行った。生れたばかりの長女は、私と家にいた。日曜日でね。夕方六時頃だったかな。酒酔い運転の四駆にぶつけられて、親子もろとも、亡くなってしまったんだ」

「向うの車を運転してたのは？」

「東京の大学へ行っていた二十一歳のカップルの学生が、春休みで、帰っていて、大きな四駆を運転していた。今もいったように、酔っていてね」

「その男の方が、小田島前大臣の大学生の時ということですか？」

「そうだよ。小田島の家は、松江の旧家で、資産家でね。彼の父親が、金を払った。私たちは、松江で小さな旅館をやってたんだが、私は、松江が嫌になって、この三朝に引っ越して来たんだ」

「しかし、小田島さんは、最近も毎月百万円ずつ、あなたに払っていたみたいですね」

と、十津川は、いった。

「そうなんだ。私らは、事故の直後、多額の補償金を貰ったので、それで口惜しかったが、忘れることにしたんだが、小田島さんが、大臣になった時、後援会の会長さんという人から連絡があってね。ここでの商売も大変だろうから、といって、毎月百万円、くれるというんだ」

「それは、口止料ですね」

「私だって、ぴーんと来たよ。そんな金は受け取れないし、昔のことで、もう、小田島さんに何かいったりしないといったんだが、貧乏というのは情けないねえ。ごらんのように、この旅館も客がなくて、金が欲しくてね。向うの申し出を受けてしまったんだ」

「しかし、あなたは、事故のことを話してしまったんですね」

「今いったように政府の監査機関の人間だといったし、ちゃんとした名刺もくれたし、日本のためだといわれたのでね」

「名刺を貰ったんですか？」

「そうだ」

と、足立は肯き、その名刺を見せてくれた。

〈衆議院議員　永井　実

　秘書　安西　清行〉

名刺には、そうあった。

永井といえば、自殺した小田島に代って、財務大臣になった男である。

十津川は、何となく、納得した感じになった。

「どんな人でした?」

と、十津川はきいてみた。

「そうだね。やたらに長く喋る人だったね」

「何を喋るんです?」

「危機管理が、どうとかって話してたね。今の日本は危いともいってた。この危い日本を救うには監査機関みたいなものが必要で、自分はそのために、働いているんだといっていたよ」

「つまり、大臣になる資格のない人間が大臣になっているのは日本が危うくなるもとだというわけですか」

「確かにそんなことをいっていたね」

「この安西という男は、その後も連絡してきますか?」

と、十津川はきいた。

「小田島さんが死んだあと、代って、私らに毎月百万円、いや、百十七万円を送金してくれている。まだ、一回だけだけどね。なぜそんなことをしてくれるのかよくわからんのだがね」

「それはつまり、あなたへのお礼じゃありませんか」

「お礼?」

「この名刺の親分、永井実は、小田島大臣が自殺したので、財務大臣になれたんですからね。あなたが、古い自動車事故の話をしたので、これが、実現したんですよ」

十津川が、いうと、足立は当惑した表情になって、

「私は、小田島さんの自殺を望んでいたわけじゃないんだ。確かに若い小田島さんの酔っ払い運転のせいで、息子夫婦と、孫が死んでしまった。その時は、小田島さんを憎んだよ。殺したいと思ったが、今では、その憎しみも、うすれていた。だから私は憎しみで、あの事故の話をしたわけじゃないんだ」

「わかりますよ」

「私はね。ただ、この安西という人が、日本のために、真実を話してくれというので、話したただけなんだ。それを脅迫に使えとはいわなかった」

「だが、脅迫に使ったんですよ」

「信じられないね。私はね、もう、小田島さんへの憎しみはないし、時効にもなっているんだから、このことで、小田島さんが、不利になるようなことはないね、と念を押したんだ」

「そうしたら、安西という男は、何といったんです？」

「資料として集め、万一に備えるので、小田島大臣にとって、マイナスになるようなことにならない。それは約束すると、いったんだ」

と、足立は、いった。

「しかし、小田島さんは、自殺しています。自殺のニュースを聞いた時は、びっくりしたでしょう？」

十津川が、きく。

「ああ、びっくりしたので、安西秘書に電話して、聞いた。どうしてこうなったんだって。そうしたら、安西は、自分もびっくりしているといった」

「あなたが話した事故のことについては、何といってました？」

「あれは、資料として、集めたので、誰にも話してないし、まして、小田島大臣に話したことなど全くないと、いっていた」

「安西は、そういったんですね？」

「そうだ。私にも、小田島さんには、何もしないと約束してるんだ。もし、私との約束を破ったのなら、私が許さないよ」

「もし、安西が、あなたに聞いた事故の話をネタに小田島さんをゆすっていたら、どうします？」

「私が全てをぶちまけてやる」

と、足立は、いった。

「それを聞いて、ほっとしました」

「どうして？」

「あなたが、金のために、小田島さんを自殺に追いやるのに、協力したのではないと、わかってです。もし、この安西が、小田島さんをゆすって、自殺させたとわかったら、連絡しますので、正義のために協力して下さい」

「いいよ」

「今から一ヶ月間、何処かに、隠れていてくれませんか。あのお孫さんと一緒に」

と、十津川はいった。

「何か、危険があるのかね？」

「私の考えでは、今もいったようにあなたの話した事故のことをネタに、小田島さんを追い詰めて、自殺させたに違いないんです。そのことを裏付ける証言のできるあなたは、口封じに殺されるかも知れません」

「信じられないよ」

「でも、すでに、何人もの人間が、殺されているのです。お孫さんも、狙われるかも知れませんね」

と、十津川は、いった。

「孫がか。今となっては、唯一《ただ》人の肉親だからね。彼女のためなら、隠れてもいい。どうせ、この旅館は、開店休業だからな。一ヶ月でいいんだな」

「お願いします。もし、隠れ場所が決ったら、ここへ連絡して下さい」

と、十津川は、自分の名刺を渡して、

「電話は、駄目です。盗聴される恐れがあります」

「おたくは、警察だろう？　警察の電話が盗聴されるのかね？」

足立が、笑ってきく。

「そんな世の中なんですよ」

とだけ、十津川はいった。

すでに、時刻は、午後九時に近い。今夜はこのZ旅館に泊ることにした。

足立は、開店休業といったが、その通りで、客は、十津川だけだった。

足立はおそい夕食のあとも、十津川の部屋に酒を持ち込んで、話し込んだ。

彼は、この三朝では、孫娘と二人で、あまり社会と接触しない生活を送って来たらしい。旅館の仕事も、他人まかせだったと思われる。それだけに、急に、客の十津川と話し込んだりするのだろう。

足立が、一番知りたがったのは、自殺した小田島のことだった。

「寝ざめが悪いんだよ」

と、足立は、いった。

十津川は、今の内閣で、大臣が二人、立て続けに交代したことを話した。

「小田島さんともう一人は、防衛庁長官の塩田さんです。突然一人は自殺し、一人は病身を理由に交代してしまったんです。誰もが、びっくりしたんですよ」

「塩田という人も、おかしかったのかね？」

「そうです。元気だったのに、突然、病身を理由に辞任したんです」

「確かに、おかしいな」

「それで、私は、防衛庁長官も、何か弱味を握られて、脅かされたんだと思っているんです」

「しかし、大臣が二人も、脅かされたなんて、信じられんね。誰が何のために、そんなことをしているのかね？」

　と、足立が、きく。

「二人の大臣が、相次いで、辞任したり、自殺したりしたのは、どちらも、あるグループの企みだと、私は思っているのです」

「本当なら、恐しいことだな」

「そのグループは、冷酷ですから、あなたやお孫さんが、心配なんです。自分たちを守るために、平気で、人を殺しますからね」

　と、十津川は、本気で、いった。

「私は、もうこの年だから平気だが、孫娘のことは、心配だよ」

「だから、一時的に、お二人で、身を隠して貰いたいのです」

「あんたは、一ケ月といったが、一ケ月で解決するのかね？」

「それ以上、もたついたら日本は、大変なことになってしまうと思っています」

「まだ、よくわからんのだが」

「とにかく、注意して下さい。特に、安西という秘書や、その仲間には」

と、十津川はいった。

翌日、足立に早く身を隠すようにと、念を押してから、十津川は、三朝温泉を後にした。

飛行機は使わず、山陰本線と新幹線を乗りついで、東京に戻った。

彼を待っていた亀井に向って、十津川は、いった。

「いよいよ、戦争だ」

第13章　戦争

十津川は、刑事たちを集めた。

「これから、ボスの西尾隆一郎と、その一党と、一戦を交える。正直にいって、われわれが、勝つ確率は、かなり低いと見なければならない。向うは、権力も金も持っている。こっちは、この人数で戦わなければならないからな。本多一課長は力を貸してくれるが、三上刑事部長は政界との戦いには、顔をしかめるだろう。ただ、われわれには、正義がある。われわれが、連中に叩《たた》きのめされてしまったら、日本は、連中に牛耳られてしまう。それは、絶対に防がなければ、ならないんだ。日本の将来のためにだ」

「どう戦いますか？」

と、亀井が、きいた。

「わからない。今までのように、犯罪者との戦いとは違う。警察手帳も役に立たないし、捜査令状も、逮捕令状も貰えないと思わなければならない。また、私を始めとして、ここにいる全員、或いは、警視庁の刑事全員に、ナンバーがつけられ、その個人情報は、連中の手に握られている。われわれの強みも弱みも、しっかり、つかまれているということだ」

「じゃあ、何も出来ませんか?」

三田村が、きく。

「全て監視されているということは、不利ではあるが、全く有利な点がないわけじゃない」

と、いって、十津川は、自分の携帯を取り出した。

「例えば、この携帯は、完全に盗聴されている。スイッチを入れたとたんに、衛星を使った盗聴システムで全ての会話は、三鷹のNSSに記録される筈《はず》だ。その会話は、分析された上、西尾たちのグループに報告されるだろう。つまり、私が、面と向って、西尾隆一郎に宣戦を布告しなくても、この携帯で、それらしいことを喋《しゃべ》れば、われわれの意志が、伝わるということだよ」

「その携帯の使い方によっては、武器になりますね」

と、北条早苗が、眼を光らせる。

「そうなんだ。彼等は、自分たちが、完全に優位に立っていると思っている。確かに、優位に立っているが、それは、盗聴と監視によるものだ。その上、その成果を、信じている。もし、その成果を疑っていたら、彼等の運動自体が、崩れてしまうからだよ。そこに、つけ込む余地がある」

と、十津川は、いった。

「どうしますか？」

「カメさんを除く全員が、松江に行って貰いたい。松江には、亡くなった小田島さんの後援会長の早見という男がいる。JR松江駅の前に、早見エンタープライズの事務所がある。貸ビル会社のオーナーだ。この男を、監視して欲しいんだ。上手くいけば、西尾の指示を受けた奴が、この早見を消しに行く筈だ。小物だろうが、逮捕すれば、西尾たちと戦う武器になる」

と、十津川は、いった。

六人の刑事たちが、松江に行くことになった。彼等に向って、十津川は、

「向うへ着いても、私に連絡する必要はない。どの電話が盗聴されているか、わからないからだ。明日の朝、出発すれば、明日中には、全員が松江に着くだろう。そう思って、私は、明後日、西尾に対して、宣戦を布告する」

と、いった。

二日後の昼前に、十津川は、自分の携帯で、小田島の未亡人、啓子にかけた。

「ご主人の自殺について、調べて欲しいといわれましたので、調べた結果を、ご報告します。ご主人は、ある連中に、秘密を握られて、それを使って、脅されていたのです」

「どんな人たちでしょう？」

と、啓子が、きく。

「ご主人を、財務大臣の椅子から引きずり下したがっていた連中ですよ」

「主人は、どんな秘密のために、脅かされていたんですか？」

「それは、奥さんと結婚する前、学生時代の秘密です」

「それなら、ぜひ、どんな秘密か知りたいと思います」

「今回の事件が、終りましたら、奥さんに、報告にあがります」

「事件が、終ったらといいますと？」

「ご主人を脅迫して、自殺に追いやった犯人を逮捕したらということです」

「その犯人の具体的な名前は、わかっているんでしょうか？」

「残念ながら、まだわかっていませんが、松江の後援会長の早見さんには、ご主人が、誰に脅迫されていたか、知らせています。それも、手紙で」

「でも、なぜ、妻の私にではなく、早見さんに、知らせたんでしょう？」

「それは、ご主人が、早見さんに頼んでいたことがあったからだと思います。具体的に申し上げますと、ご主人は、早見さんに頼んで、ある人に、お金を送らせていたのです」

「――――」

「それは、奥さんがお考えになるようなことではありません。女性関係ではありません」

「それなら、早見さんは、なぜ、主人の手紙を公表して下さらないんですか？」

「早見さんは、こういっていました。この手紙を公表すると、大変なことになる。だから、自分の手元で、おさえているんだと」

「私が、お願いしたらどうでしょう？」

「それは、止《や》めて下さい。早見さんが、命を狙われる恐れがあります」

「でも――」

「大丈夫です。早見さんは、こうもいわれました。時がくれば手紙は公表する、とです。政治が、更に混迷を深めれば、早見さんは公表すると思います。その時期は、それほど、遠いとは思っていません」

と、いって、十津川は電話を切った。

しかし、携帯のスイッチは、入れたままにしておいた。

こうしておけば、連中は、十津川が、東京にいると、わかるだろう。

「連中が、引っかかってきますかね？」

と、亀井が、きいた。

「謀《はか》る敵は謀り易いというからな」

と、十津川は、小さく笑った。

「何です？」

「孫子《そんし》さ。向うは、近代的な通信器機を信じているが、私の方は、紀元前の戦略家の言葉を信じているんだよ」

と、十津川は、いった。

刑事たちは、二手に分れて、早見エンタープライズの事務所と、早見の自宅の両方を、見張っていた。

東京の十津川に、電話をかけて、指示を仰ぐことが出来ないので、自分たちの判断で、行動するより仕方がなかった。

「早見の口を封じようとすれば、何処《どこ》かへ誘い出しておいてからにすると思う」

と、早苗が、いった。

刑事たちが、松江に着いて三日目の午後二時頃、早見が、駅前の事務所を、車を運転して出発した。

帰宅には、早い時間だった。

三人の刑事が、用意しておいたレンタカーで、尾行した。

早見の運転する車は、松江の市内を抜けると、米子《よなご》方向に向って、走る。

米子から、今度は中海《なかうみ》沿いに、半島を北上して行く。

延々と続く松林の真ん中を切り裂いて作られた道路である。

松林の中に、キャンプ場が、見えたりする。

左は中海、右は日本海である。

「ずいぶん、遠くへ来たな」

と、レンタカーを運転する三田村刑事が、いう。

「人のいない場所へ来させて、そこで、始末するつもりかも知れない」

と、助手席の早苗が、いった。

「かも知れないぞ」

後席《リア・シート》の白木刑事も、いった。

ふいに、前を行く早見の車が、右に折れた。

松林の中の細い道に、入って行き、早見は、砂浜の見える場所で、車をとめた。

三人の刑事は、車を捨てて、松林の中に飛び込んだ。

松林の外は、日本海に面して、延々と、白い砂浜が、弓形《ゆみなり》に連なっている。

コンクリートの小屋があって、その壁に、

〈サーフィンの皆さんへ〉

と、書いた、注意書きが、見える。

この辺は、サーファーが集る所で、コンクリートの小屋は、彼等の休憩所かも知れない。

しかし、今日は、人影は、全くなかった。

早見は、砂浜に立って、腕時計を見たり、周囲を見たりしている。

海から吹きつけてくる風が強い。

ふいに、コンクリートの小屋の中から、二人の男が、現われて、早見に声をかけた。

三人の刑事が、松林の中から、それを見つめた。万一に備えて、三人とも、拳銃を抜き出して、手に持った。

強い風が、切れ切れに、早見と、二人の男の会話を、運んでくる。

「早――さん――だね？」

「そうだが、電――くれた――かね？」

「辻――先生――使いでね」

「先生――何を？」

そんな会話のあと、ふいに、男の一人が、早見の腹を殴りつけた。

早見が、砂浜に倒れる。

それを男二人が両側から、抱えあげて、海辺へ、引きずって行く。

海で、溺《おぼ》れさせる気なのだ。

三人の刑事が、松林から飛び出し、三田村が、空に向って、拳銃を発射した。

男二人が、立ちすくむ。

腕をはなされた早見の身体が、波打ち際に落ちて、咳《せき》込んだ。水を飲んで、むせ、あわてて、起き上った。

「警察だ！　抵抗すると射つぞ」

と、三田村が、拳銃を向けて、怒鳴った。

二人の男は、手をあげた。が、ニヤッと笑って、

「わかったよ。おれたちは、強盗だ。さっさと、連行しろ」

と、いった。

「さっさとね」

「金が欲しくて、その男を狙ったんだ。強盗さ」

「向うに、東京ナンバーの車がとまっていたけど、わざわざ、強盗をやるために、東京から出張して来たの？」

と、早苗が、二人に向って、いった。

「そうだよ。東京が不景気なんで、出張して来たんだ。強盗だから、さっさと連れて行って、手柄にしろよ！」

男の一人が怒鳴った。

「やたらに、強盗だと、威張るなよ」

と、三田村は、笑ってから、早見に向って、

「自分の車に戻っていて下さい」

と、指示した。

そのあと、二人の男に向って、

「実は、おれたちも、警察というのは、嘘でね」

と、笑って見せた。

瞬間、男たちの顔に、戸惑いと不安が、よぎった。

「誰なんだ？　あんたたちは？」

と、一人が、きく。

「逃げないように手錠をかけろ」

と、三田村が、怒鳴る。

白木と、早苗が、男たちに、後手錠をかけた。

「一人ずつ殺《や》ろう」

と、三田村はいい、一人を早苗に見張らせて、もう一人の男を、手錠をかけたまま、海の中に、引きずって行った。

「そいつが、逃げ出そうとしたら、射ち殺せ！」

と、三田村は、砂浜にいる早苗に向って、大声を出してから、引きずって来た男の顔を、白木と二人で、いきなり海の中に、突っ込んだ。

男が、もがく。

三田村は、黙って、一、二、三——と数えた。

（人間、四十秒は、最低、息をせずにすむ筈だ）

四十を数えたところで、男の顔を引き上げた。

男は、大きく咳込みながら、

「おれを殺す気か！」

「一人ずつ、殺すといった筈だ」

また、男の顔を海中に沈めて、三田村は数をかぞえた。

四十で、引きあげる。今度は、海水を呑んだとみえて、げえッと、水を吐いた。

「どうして殺すんだ？」

と、男は、怯《おび》えた眼になって、三田村を見た。

「おれは、嘘つきは、嫌いなんだ。強盗だなんて、嘘をつきやがって」

「本当に強盗なんだ！」

「じゃあ、強盗として死ね。ゴミ掃除になる」

三田村がいい、また、男を海中に突っ込んだ。

今度は、引き揚げると、ぐったりしている。三田村と白木は、砂浜に放り出して、もう一人の腕をつかんだ。

「今度は、お前の番だ！」

「殺したのか？」

男が、青ざめた顔で、きいた。

「さあな」

三田村は構わずに、男の身体を、ざぶざぶと、海の中へ、引きずって行った。

「今度は、いっきに殺してやるからな」

「助けてくれ！」

と、男が、叫ぶ。

三田村は、いったん、男の顔を、思いっ切り、海中に突っ込んでから、引き揚げて、

「おれは、嘘つきが、嫌いだといった筈だ」

「わかった。おれたちは、強盗じゃない」

と、男は、海水が、眼にしみたのか、眼をパチパチさせながら、いった。

「強盗じゃなくても、世の中のゴミは、ゴミだろう。それなら、殺した方が、みんなが喜ぶな」

三田村が、突き放したように、いった。

「おれたちは、青亜塾の人間だ！」

と、男は、叫ぶように、いった。

「何んだ。それは。チンピラの集りか？」

「バカをいうな。浅倉先生が、将来の日本を背負う若者を養成するために作られた塾だ」

「浅倉は、チンピラのボスか？」

白木が、男の頭を小突いた。

「浅倉先生は、西尾先生のふところ刀だ。西尾先生なら、知ってるだろう?」

「知らないな」

「大政治家だぞ」

「その大政治家のふところ刀だって」

「そうだ。浅倉先生の作られた青亜塾だ」

「その青亜塾の人間がどうして、人殺しをするんだ?」

「あの男は、日本の将来を危うくする人間なんだ。だから殺す」

「浅倉先生の命令か?」

「いや、おれたちが、勝手に決めたことで、先生とは関係ない」

「おい。白木」

と、三田村は、相棒に声をかけて、

「やっぱり、こいつは、殺しちまおう。嘘つきだ」

「おれは、嘘はついてない」

と、男が、必死の顔で、いう。

「浅倉先生の青亜塾に入ってると自慢げにいってるくせに、勝手に人殺しをやる奴なんて、信用できないからな」

三田村が、男の頭を押さえつけようとすると、

「わかった。わかったよ」

と、男が、いった。

「何が、わかったんだ?」

「おれたちは、浅倉先生の指示で、動いている」

「人殺しを指示されたのか?」

「あんたらを、浅倉先生に紹介してやるよ。これから、日本は変る。その時、勝ち組にいたいだろう?」

と、男は、いった。

「日本は変るって?」

「ああ、もう変りつつある」

「勝ち組は、悪くないな」

「そうだろう。誰だって、そうだ。負け組は死ぬんだ」

と、男は、急に、元気になっていた。

砂浜に倒れていた男も、やっと、起き上った。

三田村たちは、二人の男の車へ歩いて行った。その向うに、早見のベンツが、見える。

男の一人が、

「奴を始末しなきゃいけないんだ」

「おい。お前が残って、あの男を殺せ」

と、三田村が、早苗に、いった。

「わかったよ」

と、早苗が、応じた。

男の一人が、

「証拠を残さずに、殺《や》ってくれ」

と、早苗にいった。

「じゃあ、車ごと、焼いちまうよ」

と、早苗が、いった。

三田村は、万年筆型のボイスレコーダーを、そっと、早苗のポケットに放り込み、ついでに、その肩をポンと叩いて、

「あとを頼むよ」

と、声をかけた。

二人の男を、手錠のままリア・シートに乗せ、今度は、白木がハンドルを握って、スタートさせた。

「手錠を外してくれよ！」

と、男の一人が、大声を出した。

「まだ、駄目だ。信用できないからな」

と、三田村が、そっけなく、いった。

「何回もいうが、おれたちは、青亜塾の人間だ」

「お偉い先生が、ついているというんだろう？　信用できない。証明書でも持っているのか？」

「いや、今日は、持っていない」

「やっぱり、嘘つきだ。海岸で殺してやりゃあ良かったな」

「待ってくれ。今日は、ダーティーな仕事をやるので、万一を考えて、身元がわかるものは、持ってないんだ」

「いいわけも、嘘臭いな」

「じゃあ、これから、浅倉先生に、電話する。報告しなければ、いけないからな。手錠を外してくれ」

「どうやって、連絡するんだ？」

「携帯がある」

「しかし、身元がわかるようなものは身につけてないんじゃないのか？」

三田村がいうと、相手は、ニヤッと笑って、

「おれの携帯は、拾ったものでね。おれのものじゃないんだ」

「盗品か」

と、三田村は、呟《つぶ》やいてから、その男の手錠を外してやった。

しかし、拳銃の銃口はしっかりと、男に向けて、

「おれたちを欺して、警察になんか連絡するなよ。殺すからな」

「安心してくれよ」

と、男は、いい、携帯を取り出して、ボタンを押し始めた。

「先生ですか」

と、いい、

「例のウジ虫は、ご指示通り始末しました」

「――――」

「これから、戻ります。はい。証拠は、何も残していませんから、ご安心を」

と、いって、男は、電話を切った。

「ウジ虫を始末したか」

三田村が呟やく。

「将来の日本のために、大掃除が、必要なんだ。ウジ虫退治は、その一つだ」

「じゃあ、今の電話で、浅倉先生に、誉《ほ》められたろう。金が貰えるのか?」

「いや、青亜塾での地位があがる。名誉なんだ」

「そんなことで、よく我慢できるな」

「おれたち、いや、われわれは、将来の日本の中核になる。それが、われわれの求めている報酬だ」

男は、誇らしげに、いった。

「だから、人殺しも構わないわけか」

「われわれは、明治維新にならって、平成維新を推し進めようとしているんだ。平和ボケした、無防備な今の日本を変革する。明治維新だって、多くの血が流れたじゃないか。新しい建設には、破壊が、必要なんだよ」

「面白いな。ちょっと耳を貸してくれ」

「何んだ？」

と、男が、顔を持ってくると、三田村は、その横顔を、拳銃で、殴りつけた。

男の身体が、リア・シートの床に崩れおちる。もう一人の男が、

「何をするんだ！」

「建設のためには、破壊が、必要なんだろう？　それなら、おれたちが、平成維新のヒーローになって、お前たちが、殺されていいわけだ」

「冗談はやめてくれよ」

「こっちは、本気だよ」

三田村は、倒れている男に、改めて、手錠をかけた。

「おれたちを、どうする気だ？」

男が、怒りと、怯えの、交錯した眼を向けてきた。

「面倒だ。殺しちまえよ」

と、白木が、けしかけた。

「面白い話を聞かせてくれたら、殺すのは、止めようじゃないか」

と、三田村は、いった。

「面白いって、何んだ？」

男が、いう。怒りよりも怯えの色の方が、強くなっている。

「平成維新なんていうヨタ話でなく、金儲《かねもう》けの話を聞かせてくれよ」

と、三田村は、いった。

「ヨタ話じゃない！」

男は、大声を出した。

「じゃあ信じられるように話してくれ。もし、おれを納得させなかったら、容赦なく二人とも殺す」

三田村は、銃口を男に向けた。

男は、脂汗を浮べながら、

「ＮＳＳを知ってるか？」

「知らないな」

三田村は、顔色を読まれないように、殊更、眉《まゆ》をひそめて見せた。

「今に、日本中に、ＮＳＳのネットワークが、敷かれることになるんだ」

「ネット販売みたいなものか？」

「いや。日本中の人間の秘密を、ＮＳＳが、握るんだ」

「それが、金になるのか？」

「金じゃない！　統制だ！　改革だ！」

「よくわからないな。もっと、わかるように話してくれ」

「最近、大臣が、二人代ったろう。あれは、ＮＳＳが、われわれの浅倉先生と組んで、やったことだ」

「どうやって？」

「それは、知らなくてもいい。そのうちに、総理大臣も代る」

「総理大臣が？」

「信用しないだろう？」

「当り前だ」

「だが、本当だ。間もなく、総理大臣も代る。日本の政治が変るんだ」

「どうしてだ？」

「わけは、われわれにもわからないが、見ていろ。その通りになるから」

男は、得意気に、いった。

「あんたたちは、その中で、何をやったんだ？　何か役にたつことをやったのか？　一つぐらい自慢してみろよ」

三田村が、けしかけるように、いうと、男は、それにのせられたように、

「ＮＳＳを裏切ろうとした女と、その恋人の二人を、車ごと、ボーンだ」

と、いった。

「ボーンって、爆弾か？」

「まあな」

「ダーティーな仕事ばかり、やってるのか」

「平成維新を達成すれば、われわれは、英雄だ」

男は、叫ぶように、いった。

「失敗したら、殺人犯だぞ」

「いや。平成維新は、絶対に成功するんだ！」

男の声が、一オクターブ高くなった。

（狂信か）

三田村の顔が、ゆがんだ。

そんな気持を、男は、逆なでするように、

「われわれの仲間に入りたいなら、浅倉先生に、紹介してやるぞ。その代り、何か、先生のために手柄を立てることが、必要だがね。ああ、あのウジ虫を殺してくれたか」

と、男が、いった。

三田村は、振り向いて、

「少し寝た方がいいんじゃないか」

と、押さえた声で、男に、いった。

「何だって？」

と、顔を出してくる男を三田村が、拳銃で、殴りつけた。

その男も、呻《うめ》き声と共に、ぶっ倒れた。

三田村は、向き直って、運転している白木に、

「今、何処だ？」

「国道9号線を、京都に向って走っていて、間もなく、倉吉だ」

「そこで、車を乗りかえよう」

と、三田村は、いった。

「どうして？」

「この車は、連中の使っていたものだ。何処かに、発信器がついていて、それを、NSSが受信し、ずっと、車の位置を追っているかも知れない」

「大いにあり得るな」

「倉吉で、今度は、ボクがレンタカーを借りる。その後、人気《ひとけ》のない場所で、乗りかえよう」

と、三田村は、いった。

倉吉市内に入り、レンタカーの営業所を見つけると、三田村が、車をおりて、レンタカーを借りに走った。

その後は、二台の車が、前後して国道9号線を走り、しばらくしてから、人影のない海岸にとめて、二人の男を、レンタカーに乗せ、次に、連中の車を、海中に沈めた。

そのあと、三田村たちは、レンタカーを走らせた。

北条早苗は、早見に、しばらく、姿を消しているように忠告したあと、彼のベンツに、ガソリンをかけて火をつけた。

ベンツが、黒焦げになるのを見届けてから、早苗は、レンタカーを運転して、松江市内に戻り、車を営業所に返した。

そのあと、一人、空路、東京に帰った。

帰京すると、早苗は、直ちに十津川に、報告した。

「警部が、予想された通り、二人の男が、早見を殺そうとしましたが、私たちが、それを阻止し、彼等を捕えました。向うも私たちを、殺し屋と見ているのかも知れません。彼等とのやりとりは、録音してきました」

早苗は、三田村から渡されたボイスレコーダーを出して、再生スイッチを入れた。

十津川と、亀井が、熱心に聞く。

「それで、三田村と、白木は？」

と、亀井が、きいた。

「連中を連れ、車で、戻って来る筈です」

「それでは、全員が帰ってから、次の戦いについて、話し合おう」

と、十津川は、いった。

田中、片山、そして、手島の三人の刑事は、飛行機を使って、帰って来たが、三田村と白木の二人は、なかなか、帰らなかった。

二人が、帰ったのは、翌日の朝だった。

二人は、男二人を連行してきた。

彼等は、目かくしされていた。

「彼等は、まだ、われわれを、警察とは、知らない筈です」

と、三田村が、十津川に、囁《ささ》やいた。

二人の男は、手錠をされ、目かくしされて、部屋の隅に、うずくまっている。

「目かくしを外そうとしたり、逃げようとしたら、その場で、射ち殺すぞ」

と、十津川は脅して、別の部屋に、刑事たちを集めた。

そこで、三田村と白木の報告を聞いたのだが、十津川が、一番関心を持ったのは、捕えた男たちが、総理の退任を、口にしていたという部分だった。

「自信満々に、総理も代るんだといっていました」

と、三田村は、いった。

「おかしいな。今の総理は、慎重で、用心深い人だ。それに、まさか、首相官邸まで、盗聴されているなんてことはないと思うがね」

と、十津川は、首をかしげた。

「自宅の盗聴をされているんじゃありませんか？」

「いや、総理は多忙で、自宅には帰っていないと、聞いている」

十津川は、男の一人を、目かくししたまま、連れて来た。

わざと、拳銃を取り出して、ガチャガチャと、鳴らしながら、

「いいか。覚悟して答えろよ。お前は、総理が代るといったそうだな？　おれたちも内閣

が代ると、金儲けに関係してくるんだ。お前はどうして、首相が、交代すると、わかるんだ？」

「浅倉先生が、そう話していたんだ」

「西尾代議士のふところ刀か。浅倉は、どうして、そんな確信を持ってるんだ？」

「わけは知らないが、ＮＳＳから、情報を貰ってるみたいだ。それだけしかわからない」

（やはり、盗聴か）

と、思ったが、十津川にも、判断がつかなかった。

十津川は、中央新聞の田島に会うことにした。久しぶりに、夕食を共にしながら、

「首相が、最近、辞任するという話を聞いてないか？」

と、きいてみた。

田島は、眼をむいて、

「そんな話は、ぜんぜん聞いてないぞ。確かに、財務大臣と防衛庁長官の二人が、交代したが、だからといって、総理が辞めなければならない理由はないからな」

「噂も聞いてないか？」

「ないよ」

「首相の周囲で、妙な噂は生れてないか」

「妙なねえ――」

と、呟やいてから、田島は、しばらく考えて、

「一つだけ、変な話を聞いたことがある」

「どんなことだ」

「首相専用機というのがあるだろう」

「知っているが、それが、どうかしたのか？」

「アメリカ製のボーイング747を、使っている」

「ああ。わかっている」

「その専用機の機体から、非常に小さくて、精巧な盗聴器が、発見されたという噂なんだ。衛星を使って、アメリカが、傍受できる」

「ニュースになってないな」

「だから、根も葉もない噂だともいえるんだが――」

「だが、なんだ？」

「その盗聴器は、アメリカが、取りつけたんじゃないかという話もある。だから、ニュースにならないんだとね」

「どうして、同盟国のアメリカが、日本の首相専用機を盗聴するんだ？」

「冷戦が、終ってから、アメリカにとって、ロシアは、怖い存在ではなくなった。むしろ、今の世界は、穀物戦争だったり、自動車戦争であったり、ＩＴ産業の戦争なんだ。だから、

アメリカは、日本の産業政策を知りたがる」

と、田島は、いった。

「日本政府は、抗議しないのか？」

「抗議なんかすれば、笑われるだけだからね」

「どうして？」

「こんなことは何処の国でもやってるからだよ。もちろん、やっていますと、いう国なんかないがね。だから、やられた方が、間抜けなんだ」

「――――」

「どうしたんだ？　この話はあくまで噂だよ」

「ボーイング７４７は、日本に引渡されてから、日本風に、機内をコーディネイトするんだろう？」

「そりゃあそうだ。その時の首相の好みに合せるからね。小さな畳の部屋が、設けられたこともあったらしい」

「何処の会社が、首相専用機の艤装《ぎそう》を引き受けているのか調べてくれないか」

と、十津川は、いった。

「そりゃあ、調べればわかるが、君は、何を考えてるんだ？」

田島が、きいた。

「わかってる筈だよ」

と、十津川は、いった。

「考えたくないね」

田島が、眉をひそめて見せた。

「首相が、辞任するとしたら、そのことしか考えられないんだよ」

第14章　終りなき勝利

日比谷《ひびや》公会堂では、西尾隆一郎が、満員の聴衆を前に熱弁をふるっていた。

演題は「強い日本を目指せ」である。

壇上には、西尾のふところ刀といわれる浅倉たちが並び、「青亜塾」の腕章を巻いた若者たちが場内整理に当っていた。

同じ日、近くの小ホールでは、二百人ほどの人たちが集って、「国民総背番号制に反対」の声をあげていた。

西尾の演説が、続いている。

「今、日本は未曾有《みぞう》の危機に瀕《ひん》しています。このままでは、日本は、沈没します。誰もが、そのことを知っているんです。だが、危機感がない。なぜか？　それは、沈没したら、どうなるかという実体が、わからないからなんです。沈没したら、日本は植民地になります。世界中が、虎視眈々《こしたんたん》として、狙っているのです。昔のような、軍隊を使って、支配するのではない。経済の植民地です。今は、小さな企業が、アメリカ企業に吸収されているが、そのうちに見ててごらんなさい。断言しますが、トヨタは、GMに支配され、松下はGEの傘下になってしまいます。バカな経済学者は、それでもいいといいますが、その人は経済侵略の怖さを知らないんです。いってみれば、地主と小作の関係になるんです。仕事はくれるが、儲けはすべて地主のふところに入ってしまう。その上、地主は、いつでも、土地を売ることが、出来るんです。つまり会社をね。地主は小作人、つまり社員の気持なんか、無視して、会社を売り飛ばしてしまいますよ。こんなことになって、いいんですか？不幸なことだが首相は日本という国を外国へ売り渡そうとしている。それは、証拠があってのことです。首相は、官房長官と、こんなことをいっているのです。いろいろと周囲の人間が、うるさ過ぎる。いっそのこと、日本はアメリカの一州になってしまえばすっきりするんじゃないかとですよ。一国の首相たるものが、冗談にしても、こんなことをいっていいものですかね。他にも、彼には首相として、資質に欠けるところが、沢山あります。いいにくいことだが、日本のために、いわなければならんのです。その一つの証拠をあげましょう。彼は、イギリスの首相に会った際、次期航空自衛隊の主力戦闘機の欠点をベラベラ喋っているんです。いくら友好国とはいえ、自国の国防に関することを、話していいものでしょうか。国を危うくするものです。国を売る行為といってもいい。国を守るという意識が全くない者は、すみやかに、首相を辞職すべきだと、私は思っているのです。そして、強い日本を作るべきなのです。他国のあなどりを受けぬ強い日本をですよ。私は、これを平成維新と考えています。日本を強くするためには、国民にも、我慢をして貰わなければなりません。私は、首相みたいに甘いことはいわない。いいにくいこともいう。しかし、その代り、今のでたらめな社会を、建て直します。暴走族が、のさばっているような社会は、必ず、無くします。統制のとれた、安心して生活できる社会を回復します」

西尾は、まるで次の首相を狙うような演説をしていた。

その声は、自信に満ちていた。

今の首相は、絶対に辞任することを、確信しているようないい方だった。西尾は最後にいった。

「私は、この約束を守ります」

十津川と亀井は辞表を書いて、本多一課長に渡した。

「事態は、急を要します。多分、一週間以内に今の首相は辞任し、西尾隆一郎をリーダーとする強権政府が生れてしまいます。監視と盗聴によって、国民を支配する政府です。国民総背番号制ですが、すでに、国民にはナンバーがふられているんです。こんな政府にしたくありません」

と、十津川はいった。

「何をする気だ？」

「それはいえません。私は公務員ですから、どんな政府になろうが、その政府の命令通りに動くべきなんでしょうが、パブリックサーバントは国民全体への奉仕者ということです。もし、国民を裏切る政治家がいたら、その政治家と戦うことは許されると思っています」

「だから、何をするつもりなんだ？」

「課長にも警視庁にも、ご迷惑はおかけしません」

と、十津川はいった。

二人は、わざとパトカーは使わず、十津川の自家用車で、ＮＳＳのある三鷹に向った。

すでに暗くなっていた。

ＮＳＳから少し離れた場所に車を止めていると、三田村と北条早苗の二人も、やって来た。

「私たちも、一課長に辞表を出して来ました」

と、三田村がいう。早苗も肯《うなず》く。十津川は、そんなことは止《や》めてすぐ引き返せとはいわなかった。今は少しでも、人数は沢山ほしいのだ。

「ＮＳＳに飛び込んで、何をしたらいいんですか？」

と、早苗が、きいた。

「ＮＳＳが、何なのかを、国民に知らせたい。差し当って、今、首相が辞任に追い込まれようとしている。これは、首相専用機に超小型の盗聴器が取りつけられていて、それを、西尾グループが盗聴しているからだと思われる。専用機の中では、つい気を許して、好きなことをいってしまうからね。この盗聴は、NSSが受け持っていると思う。それをつかめれば、西尾たちを追いつめることが、出来る。私は、現首相を好きでも嫌いでもないが、こんな方法で一つの政府が潰《つぶ》されるのは許されないし、正直にいうと、私は現首相の力を借りて、NSSをぶっ潰してやりたいんだ。姑息《こそく》な手段だが、今は、他に手段がない」

と、十津川はいった。

「今、首相一行は、外遊中でしたね」

亀井がいう。

「アメリカからヨーロッパを廻って、帰国することになっている。確か、今日の日本時間、午後十一時にワシントンを発《た》って、ロンドンに向う筈だ。それに合せて、NSSに侵入する」

「連中が、首相専用機の盗聴をしている現場を押さえるわけですね」

と、三田村がいう。

十津川は、NSSの建物の青写真を広げた。

「政府機関の盗聴をしている場所は、三階の一番端にあると思われる。今夜は他はいい。この部門に突撃する。念を押すが、われわれは、現在民間人だ。警察手帳もないし、拳銃もない。それを、頭に叩き込んでおいてくれ」

「殴るぐらいは許されますね」

「構わないが、余り強く殴るなよ」

午後十一時、監視カメラの死角を狙って、四人の刑事は、建物の中に、侵入した。

この建物は、S警備会社が一千万円の費用をかけて、セキュリティシステムを作っている。

塀と屋上に合計十二個の監視カメラが設けられ、建物の内部には、各部屋、廊下などに、赤外線監視装置がついていた。

しかし、今、深夜にも拘《かかわ》らず、内部には、こうこうと明りが灯《つ》き、職員が働いていたから、内部の赤外線装置は、切ってあった。

十津川たちが、侵入したのは、一階のトイレ部分だった。

「地下に、燃料電池を使った発電機がある。三田村と北条の二人で、それを止めてくれ。今から十分後にだ。すぐ、非常灯がつくが、暗いものだ。その時、私とカメさんは、三階の特別盗聴室に突進する。ここの電気係が、地下に急行し、発電機を修理する筈だ」

「修理を妨害しますか？」

と、三田村が、きく。

「いや。修理されて、首相専用機の盗聴をしているところを押さえたい。だから、時計を合せよう。二人は十一時十五分に、発電機を止めてくれ。私とカメさんは、その時刻に、三階に向う。エレベーターが使えないから、特別室に着くのに、十五分見た方がいいだろう。十一時三十分だ。その時刻に、発電機が、稼働した方がいい。それも、計算しておいてくれ」

「十一時三十分に、発電機の稼働を見届けたあと、私たちは、どうしたらいいですか？三階に行き、警部と合流しますか？」

と、早苗がきく。

「いや、君たちは一階の正面入口に行き、入口のドアを開けてくれ」

「なぜそんなことをするんですか？」

「中央新聞の田島に、今夜の十一時三十分から、十二時までの間にＮＳＳに来いといってある。われわれが首相専用機の盗聴を見つけても、第三者の証言がなければ、どうにもならないからだ」

「中央新聞は来てくれますか？」

「来てくれると信じている」

と、十津川はいった。

時計を合せる。

ドアが開いて、男が一人、トイレに入って来た。

十津川たちを見て、その男が立ちすくむ。

三田村が、背後から殴りつけ、早苗が蹴飛ばした。

呻《うめ》き声をあげて、男が倒れる。

それを十津川と亀井が、引きずって、個室へ、放り込んだ。

「行け！」

と、十津川が、三田村と早苗へ命令した。

二人が、トイレを出て行く。

地下への階段をおりる。ブーンという低い音がしているのは、燃料電池で動く発電機だろう。

「誰だ？」

と、ユニフォーム姿の管理人が、二人に声をかけてきた。別に警戒する調子ではなかった。

「発電機の調子を見にきた。N電機の人間だ」

「うちは、S電機だぞ」

そういう管理人を三田村が殴りつけた。

「メインスイッチを切れ！」

と、三田村が、怒鳴り、早苗が、飛びついた。

ふいに、三階建のビルが、暗黒に包まれた。

十津川と亀井が、トイレを飛び出して、暗い廊下を階段に向って歩いて行った。

非常灯がつく。

「保安係は、地下の発電設備を調査しろ！」

という乾いた声がスピーカーから聞えてくる。

十津川たちは、三階の角にある特別室の前へ来た。

しかし、重いドアは閉まったままで、びくともしない。

そのうちに、照明が元に戻り、明るくなった。

「どうします？」

亀井が、焦りの色を見せてきく。

十津川は「まあ、落ち着け」といい、煙草をくわえて、火をつけた。二本、三本と火をつけ、壁の煙探知機に近づけた。

五秒、十秒。

突然、廊下にサイレンが、鳴りひびく。

重い扉が開いて、一人の社員が、顔をのぞかせた。

「どうしたんだ？　君たちはなんだ？」

と、男の眼がとがった。

十津川は黙って、その男の頰に、煙草を押しつけた。

悲鳴をあげて男がうずくまる。

二人の刑事は相手をまたぐようにして、部屋に入った。

広い部屋の中央に、スクリーンがあり、そこに世界地図が描かれている。

アメリカのワシントンから、イギリスのロンドンに向って線が伸び、明りが点滅している。

首相専用機の現在地点を示しているのだろう。

スピーカーから、ジェット機の爆音が、聞えてくる。

それに混じって、時々男女の声が、聞こえてくる。

「もう少し、爆音を絞れないか」

と、その部屋のチーフが、指示する。まだ、二人の刑事が入って来たことに、気付いていないらしい。気付かないほど、作業に熱中しているのだろう。

爆音が低くなり、その分、会話がはっきり聞こえてくる。

「大統領には本気で返事をされたんですか?」

「正直にいうと、あれは嘘だよ。私は実行する気はない。向うだって、国内向けと、海外向けの発言を使い分けてるからね。これは絶対に秘密だよ」

その声は、まぎれもなく、首相のものだった。

亀井が、硬いものを、十津川の手に押しつけた。

「それを、使って下さい」

と、小声でいう。

「拳銃は持ってくるなといった筈だぞ」

十津川も、小声でいう。

「モデルガンです」

亀井が、小さく笑った。

二人は、そのモデルガンを持って、いきなり、壇上に、飛びあがった。

銃口を、向けて、

「動くな！」

「そのまま、作業を続けろ！」

と、二人は叫んだ。

部屋にいた十数人の社員の身体が、凍りついた。

「作業を続けるんだ！」

と、十津川が命じた。

ふいに、電話が鳴った。受話器の傍にいた社員が怯えた眼で、十津川を見た。

十津川は、その男の傍におりて行って、銃口を身体に押しつけた。

「全て順調と答えるんだ」

男が、受話器を取った。

「NSSの特別チームです」

「首相専用機の件は上手くいっているか？」

中年の男の声が、きいた。

「全て順調です」

「テープは、今日中に浅倉事務所に持って来い」

「わかりました」

電話が切れる。

「今のは浅倉代議士だな？」

と、十津川が、きいた。

相手が、黙って、肯く。

重い扉を外から叩く音が、聞こえた。

「開けてやれ！」

と、亀井が、怒鳴った。

扉の近くにいた社員が、立って、扉を開けた。

どっと、カメラやビデオカメラを持った人たちが、部屋に押し入って来た。

その中に、三田村と早苗も混っていた。

中央新聞の田島記者が、十津川の傍にやって来た。

「今、スピーカーから流れているのは首相の声じゃないか」

「首相専用機を、盗聴してるんだ。衛星を使ってだ」

その時、けたたましく、サイレンが鳴りひびいた。誰かが警報を押したのだ。

十津川は、モデルガンを振りかざして、NSSの社員たちに、

「抵抗すれば、射殺するぞ！」

と脅し、三田村と早苗に、扉に錠を下して侵入させるなと命じた。

社員の一人が立ち上って、逃げようとする。

十津川は銃の台尻で、殴りつけた。

相手が、その場に崩れおちる。

「いいか。抵抗すれば、容赦しないぞ！」

と、十津川は怒鳴った。

重い扉が小きざみにゆれている。

社員たちが、体当りしているのだ。外で怒鳴る声も聞える。

その中に、ドスンドスンと、何か重いものを扉にぶつける音が、聞こえてきた。

「絶対に、誰も入れるな！」

と、十津川は、扉の傍にいる三田村と早苗に、大声でいった。

しかし、扉が、こわされて、何十人もの社員が、どっと雪崩《なだ》れ込んで来たら、モデルガンでは防ぎようがない。

その時、急に扉の振動が止んだ。

廊下で、何か怒鳴っている。

「中央テレビが着いたんだ。他のテレビ局も、やってくる筈だ」

と、田島が、十津川に、いった。

テレビ局が、次々にやって来て、形勢は逆転した。

ＮＳＳのビル全体が取材合戦の場になってしまったのだ。

十津川は亀井と二人、ビルを出ると、車で、平河町にある浅倉代議士の事務所に向った。

ビルの七階にある事務所には、まだ、こうこうと明りがついていた。

十津川は、七階にあがり、事務所のインターホンを鳴らした。

「ＮＳＳから来ました」

と告げると、ドアが開いて、青亜塾の青年が、二人を中に招じ入れた。

部屋の奥に浅倉代議士がいた。

「テープは持ってきたかね？」

ときく。

十津川はポケットからテープを取り出した。

「聞かせて貰うよ」

と浅倉は用意してあったテープレコーダーに、入れて再生スイッチを入れた。

首相と随行している職員との会話が流れてくる。

浅倉は、満足そうに肯き、テープを止めると、今度は電話をかけた。

「西尾先生ですか。例のテープが手に入りました。そうです。大西洋上を飛ぶ首相専用機の中の会話を録音したテープです。そうですな。口の悪い首相だから、いろいろ喋っています。首相辞任に役立ちそうな会話もあります。他の会話と合せれば辞任に追いやれると思います」

と、浅倉は嬉しそうに喋る。

「はい。引き続き、作業を続けるようにいっておきます。テープは明朝、お届けします。それに――」

と、浅倉は続けた。が、急に、言葉を切って、十津川を見つめた。

受話器から、

「おい。どうしたんだ?」

という声が、聞えてくる。

浅倉の顔色が変っている。

十津川が黙って、ポケットから、小さなボイスレコーダーを取り出して、テーブルの上に置いたからだった。

浅倉は、電話を切った。

「何のマネだ！」

と、怒鳴った。

「あなたと、西尾隆一郎さんとの電話を録音させて貰いましたよ」

と、十津川はいった。

「何者なんだ？」

「警視庁捜査一課の十津川です。こちらは、亀井刑事」

「刑事が、何の用だ？」

「だから、あなたと西尾隆一郎さんの電話を録音させて頂いたということです。では、引き揚げようか」

と、十津川は亀井を促した。

「待て！」

と、浅倉が叫んだ。

「何です？」

「そのテープを置いて行け！」

と、浅倉が叫んだ。

「お断りします」

十津川がいうと、浅倉は、

「それを奪い取れ！」

と、叫んだ。

部屋にいた青亜塾の青年が、十津川の腕をつかんだ。

「バカモノ！」

十津川はモデルガンで相手の腕を思い切り叩いた。

男が、悲鳴をあげて、腕を抱えてしまった。

そのあと、十津川はきっと浅倉を睨《にら》んだ。

「間もなく朝になります。朝のテレビニュースを、ごらんなさい」

「テレビ？」

と、浅倉は顔色を変え、

「NSSに電話しろ！」

と、叫んだ。

もう一人の青年が、あわてて電話をかけたが、

「出ません。誰も出ません！」

と、大声を出した。

その狼狽《ろうばい》ぶりを見届けてから、十津川と亀井は外に出た。

捜査本部に戻ると、深夜なのに、本多一課長が、二人を待っていて、

「どうなった？」

と、きく。

「多分、夜明けと共に政界の一大スキャンダルが明らかになる筈です」

と、十津川は、いった。

「それは今の首相側が、勝ったということなんだな？」

「そうなると思います」

とだけ、十津川はいった。


夜が明けると、全てのテレビが、ＮＳＳと西尾隆一郎に関するスキャンダルについて、報道を始めた。

テレビメディア自身が、事の大きさに戸惑っている感じでもあった。

だが、それに新聞も加わって、事件は、明確になってきた。

翌日になると、事の重大さに驚いた首相が、急遽《きゅうきょ》、帰国することになった。

帰国すると同時に警察も動き始めた。

ＮＳＳに、捜査のメスが入り、次々に逮捕者が出てくる。

それでも、なかなか、逮捕は浅倉代議士のところまでいかなかった。

警察の手に負えないとみたのか、検察庁が乗り出してきた。

十津川が、浅倉事務所で録《と》ったテープも、提出を求められた。このテープが生かされれば、浅倉と西尾の二人の政治家も逮捕されるだろう。

十津川は、そう思っていたのだが、それを見越して、浅倉と西尾が議員を辞職した。

それに続いて、防衛庁長官と財務大臣も、辞表を首相に提出した。

十津川が、一番、希望したのは、NSSの解体だったが、これはなかなか、実現しなかった。

そのまま半月たった。

NSSは悪い。しかし、NSSが作られた目的は、正しかったのだという弁明が、始まったのである。

逮捕されたNSSの社員は一斉にその弁明を口にした。

十津川は、この弁明が通って、NSSが生きのびるのを恐れた。そうなったら今まで戦ってきた甲斐《かい》がなくなってしまうからである。

しかし、NSSの調査が深まるにつれて、監視され、盗聴されていたのは、政治家だけでなく、個人もだとわかってきて、空気が変ってきた。

東京都民の、全ての成人にナンバーがつけられ、その個人の秘密が、NSSに握られているとわかったのだ。

非難が、NSSに集中し、その解体が始まった。三鷹のNSS本社もだが、名古屋、大阪の支社も、解体されることになった。

検察庁は、前代議士の浅倉と、西尾を、逮捕した。

戦前なら、国家反逆罪に問われるのだろうが、今回の容疑は、国家公務員法違反である。

十津川は、不満だった。

NSSで働いていた女性が内部告発しようとして、その恋人もろとも、爆殺されているのだ。

直接、手を下したのは青亜塾の男だろうし、警察も、この犯人を追っているのだが、主犯は浅倉であり、その背後に、西尾がいたと思っている。

だから、浅倉と西尾は国家公務員法違反ではなく、殺人事件の主犯として逮捕したかったのである。

そのうちに、爆殺犯人が、出頭してきた。

予想どおり青亜塾の青年二人だった。

(まるで、ヤクザだな)

と、十津川は、思った。

逮捕される前に、出頭するのが、カッコイイと思っているのだろう。

その青亜塾も、リーダーの浅倉が逮捕されて、自然に消滅してしまった。

負傷して入院していた西本と日下の二人も、全快して戻って来た。

捜査本部も、解散することになった。

そのあと、十津川は、亀井を誘って、久しぶりに、夕食を共にした。

ビールで乾杯し、ふぐ料理を食べる。

「これから、どうなるんですかね」

と、亀井がきいた。

「これからって、どういうことだね？」

「何だか、事件が終ったような気がしないんです。譬《たと》えは悪いですが、タケノコがりをして、全てのタケノコを切り取ったつもりだったのに、翌年になってみると、また、タケノコが頭を出しているんじゃないか。そんな気がするんです」

と亀井はいった。

「また、NSSが生れると思うのか？　タケノコみたいに」

「秘密を握って、国民を支配するというのは、政治家にとって甘美な誘惑なんじゃありませんかね。西尾や浅倉みたいな政治家は、また現われますよ」

と、亀井はいった。

「そうだな。国の将来のためといういい方も出来るしな」

と、十津川も、いった。

本書は2005年4月徳間文庫として刊行されたものの新装版です。
なお、本作品はフィクションであり実在の個人・団体などとは一切関係がありません。

徳間文庫

十《と》津《つ》川《がわ》警《けい》部《ぶ》 影《かげ》を追《お》う

〈新装版〉

2025年4月15日 初刷

著者 西《にし》村《むら》京《きょう》太《た》郎《ろう》

発行者 小宮英行

発行所 株式会社 徳間書店

東京都品川区上大崎三－一－一 〒141－8202
目黒セントラルスクエア

電話 編集〇三(五四〇三)四三四九
販売〇四九(二九三)五五二一

振替 〇〇一四〇－〇－四四三九二

印刷
製本 中央精版印刷株式会社

ISBN978-4-19-895017-0 (乱丁、落丁本はお取りかえいたします)